E. Munch

地下室手记

（俄）陀思妥耶夫斯基 著

臧仲伦 译

漓江出版社

承前启后的里程碑

臧仲伦

《地下室手记》(1864)是陀思妥耶夫斯基创作中的里程碑，是他步入创作巅峰时期的定鼎之作，是一部承前启后的宣言式的中篇小说，也可以说，是他以后享誉世界的五部长篇小说（《罪与罚》《白痴》《群魔》《少年》《卡拉马佐夫兄弟》）的总序。

据《陀思妥耶夫斯基全集》（俄文版）称，这部小说构思于1862年末，成书于1864年。其实，作者早在鄂木斯克监狱（1850年1月—1854年1月）就已开始构思这部原名《忏悔录》的小说了。作者在他1859年10月9日写给他哥哥的信中就曾提到这部小说的最初构思："我是在狱中的铺板上，在忧伤和自我瓦解的痛苦时刻思考它的。""在这部小说中，我将放进我的整个带血的心。"并说，这部小说"将最终确立我的名声"。

这样一部作品，这样一部呕心沥血之作，其哲理之深刻，思想之深邃，剖析之深入精准，结构之奇特，怎么估计都不为过分。可是这部作品，长期以来，却受到人们的冷落，甚至诟病。

其因盖出于1934年高尔基在第一次全苏作家代表大会上的报告。高尔基称《地下室手记》的主人公，是"自我中心主义者的典型，社会堕落者的典型"；陀思妥耶夫斯基塑造这一人物是"带着一种为了个人的不幸与苦难，为了自己青年时代的迷恋而不知餍足地实行复仇的人的心情"。接着他又说："人们硬说陀思妥耶夫斯基是真理的探求者。如果他真的探求了的话——那么他是在人的野兽的、动物的本能里找到了真理，而且不是为着驳斥，而是为着辩护才找到了它。"

　　首先，我们要弄清楚，"地下室人"是文学形象，"地下室人"的观点并不就是陀思妥耶夫斯基的观点。陀思妥耶夫斯基虽然也将自己的一些经历（如上学时的经历）和思想感情加诸他所塑造的这一人物身上，但他毕竟不是陀思妥耶夫斯基本人。这也是陀思妥耶夫斯基"复调小说"的艺术特色之一：把人物放在主体位置上与之对话，使小说具有许多独立的声音；作者在讲主人公的故事，使用的却完全是主人公自己的语言和概念。把"地下室人"的思想感情看成是作者的自况，并非自高尔基始，在他以前的"陀学"研究中也屡见不鲜。

其次，陀思妥耶夫斯基塑造的不是"社会堕落者的典型"，而是当时多数俄国知识分子的典型。1875年，陀思妥耶夫斯基在《少年·代序》的草稿中写道："我引以自豪的是，我首先塑造了真正的俄罗斯大多数人，而且首先揭露了他们的丑恶和悲剧的一面。他们的悲剧就在于认识到自己的丑恶……只有我一个人描绘了地下室的悲剧，它表现为内心痛苦，自我惩罚，意识到美好的理想而又无法达到它，而主要是这些不幸的人深信，大家都这样，因此也就不值得改弦易辙了！"最后，他又说："造成蛰居地下室的原因"在于"自暴自弃，不相信共同的准则。'没有任何神圣的东西'。"

"地下室人"的恶，"地下室人"的卑劣，不是出于他的本性，而是因为那个万恶的社会。他的过错是同流合污，无法自拔。请看，"地下室人"最后痛心疾首地说："他们不让我……我没法做一个……好人！"这是一个多么令人心碎的哀号啊!

鲁迅说得好:"凡是人的灵魂的审问者,同时也一定是伟大的犯人。审问者在堂上举劾着他的恶,犯人在阶下陈述他自己的善,审问者在灵魂中揭发污秽,犯人在所揭发的污秽中阐明那埋藏的光辉。这样,就显示出灵魂的深。"

"地下室人"贫穷孤独,蛰居在彼得堡的一间地下室里。他原本是个失意的穷官吏,历经坎坷,受尽屈辱,心中积淀了太多的怨和恨。他思想发达,洞察一切,愤世嫉俗。可是他又生性软弱,既无力改变世界,又无力改变自己。他向往"美与崇高",可是又偏偏净做坏事。他想张扬个性,追求个性自由,可是他向往的只是随心所欲("自由意愿")和为所欲为。他认识到自己的卑劣,却又甘心堕落。他思想发达,却贬低理性,宁可做个丧失理智的狂人。他不是好人,也不是坏人。正如他自己所说:"我不仅不会变成一个心地歹毒的人,甚至也不会变成任何人:既成不了坏人,也成不了好人,既成不了小人,也成不了君子,既成不了英雄,也成不了臭虫。"他之所以被人目为

"怪人"，"狂人"，就是因为他爱发牢骚，爱说怪话。"意识到的东西太多——也是一种病，一种真正的、彻头彻尾的病。"

诚如一位俄罗斯学者所说，"地下室人"就是俄国的哈姆雷特。不过这哈姆雷特不是丹麦王子，不是俄国的地主或贵族，而是一名俄国的穷官吏或平民知识分子，是一只"具有强烈意识的地下室耗子"，是"非英雄"（антигерой）。

但是，这种人并不是当时俄国的个别现象，而是"那个时代的典型人物"，"是至今还健在的那一代人的代表"。[①]俄国"陀学"界则称他是俄国"多余人"的当代变种。

普希金、莱蒙托夫、屠格涅夫笔下的"多余的人"都有一种精神美，思想进步，行为高尚（虽然不乏骄横恣肆），可是陀思妥耶夫斯基笔下的"地下室人"却道德败坏，行为卑劣。"多余人"言行脱节，无所事事，"地下室人"则秽行不断，眠花宿柳，宿妓嫖娼。他满口"美与崇高"，可是却反其道而行之。《地下室手记》实际上就是新时代的

① 参见本书第23页作者原注。

《多余人自白》。"地下室人"曾这样说到他自己："一个思想发达的正派人，如果没有对自己的无限严格的要求，不是有时候蔑视自己达到憎恶的程度，那这个人就不可能有虚荣心。……我是一个病态的思想发达的人，一如当代思想发达的人常有的情形那样。"这是一个敢于把自己叫作蛆的伟大的蛆。

有一位俄罗斯的权威学者说："《地下室手记》是陀思妥耶夫斯基最露角的作品之一，嗣后，他再也没有如此露骨、如此直言不讳地披露过自己内心深处的隐秘。这是陀思妥耶夫斯基第一次批判社会主义，第一次公开宣扬以自我为中心的非道德的个人主义。"(《陀思妥耶夫斯基传》，北京：外国文学出版社) 这话未免有危言耸听之嫌。陀思妥耶夫斯基只是说，世界是复杂的，并不像二二得四那样简单，因此，某些人"仅仅根据科学和理性的原则"拟定的"幸福体系"，只是空想，是实现不了的。人也是复杂的，不是单凭教育就能改造好的，因为人有个性，有自己的独立人格，每个人的行为都受自己的"自由意愿"支配，有时还有逆反心理，明知不好，对自己不利，却故意为之，以此显示自己的独立存在。

最后，在《地下室手记》中，陀思妥耶夫斯基突出地运用了音乐中的"对位法"，即表现人们复杂心理感受的"复调音乐"或"复调小说"：用不同的方式，通过不同的人物，有时运用内心独白，表现同一主题的多声部，彼此既一致而又不一致。妓女丽莎的痛苦心理与小说主人公因横遭人们凌辱而产生的愤世嫉俗是一致的，但他的自尊心又使他由怨生恨，变得凶狠起来，又与丽莎的觉醒不一致。人心就像大海一样，奔腾澎湃而又深不可测。

人心的深，人心的苦，人心的无奈与悲剧，人人都有切身体会，但又难以言说。

2012年3月19日

于北大承泽园

壹

地下室

手记的作者与《手记》本身当然都是虚构的。然而考虑到我们的社会赖以形成的环境，像作者这样的人，在我们的社会中不仅可能存在，而且还一定存在。我想比一般更为清楚地将不久前那个时代的一个典型人物公之于众。他是至今还健在的那一代人的代表之一。在冠以《地下室》这一片断中，这人将介绍他自己和他的观点，又似乎想要说明他之所以出现以及必然出现在我们中间的原因。下一个片断才是这人的真正《手记》，记叙他生平中的几件事。

——作者原注

1

我是一个有病的人……我是一个心怀歹毒的人。我是一个其貌不扬的人。我想我的肝脏有病。但是我对自己的病一窍不通，甚至不清楚我到底患有什么病。我不去看病，也从来没有看过病，虽然我很尊重医学和医生。再说，我极其迷信；唔，居然迷信到还能尊重医学。（我受过足够的教育，决不至于迷信，但是我还是迷信。）不，您哪，我不想去看病是出于恶意。您大概不明白这是什么意思。可是我明白。当然，我向你们说不清楚我这种恶意给谁添堵；我非常清楚，我不去找医生看病，决不会对他们造成丝毫危害；我比任何人都清楚，我这样做只会有损于自己的健康，而损害不到任何人。但是我之所以不去看病，毕竟是出于恶意。肝疼，那就让它疼好了，让它疼得更厉害些吧！

我很早以前就这样生活了——大概二十年了。现在我四十岁。我以前在官署供职，可是现在已挂冠归隐。我曾是个心怀歹毒的官吏。我待人粗暴，并引以为乐。要知道，我是不接受贿赂的，其实应当受贿来犒赏一下自己。（蹩脚的俏皮话，但是我偏不把它删除。我之所以写它，是因为我想这话一定很俏皮；可现在我自己也看出，我不过可憎可厌地想借此炫耀一番而已——我故意不把它删除！）当有人来找我办证，走到我坐的办公桌前——我对他们恨得咬牙切齿，如果我能让什么人感到难过，我简直感到是一种莫大的享受。我几乎永远都能做到这点。这些人大部分是些胆小怕事的人：当然，因为他们有事求我。但是也有一些自命不凡的人，其中，我尤其受不了一个军官。他怎么也不肯低声下气，而是令人极其反感地把马刀弄得山响。为了这马刀我跟他足足斗了一年半。我终于制服了他。他的马刀不再响了。不过，这是发生在我年轻时候的事。但是，诸位，你们可知道我最生气的是什么吗？最让我生气，最让我恶心的事就是，甚至我最恼火的时候，我心中还时时刻刻可耻地意识到，我不仅不是个心怀歹毒的人，甚至也不是个怀恨在心的人，我只会徒然地吓唬麻雀，聊以自娱。当我气得唾沫横飞的时候，你们只要给我拿来个洋娃娃，给我来杯糖茶，说不定我的气就消了。甚至会打心眼里感动，尽管以后我大概会对自己恨得咬牙切齿，羞得好几个月睡不着觉。我就是这脾气。

我方才说我是一个心怀歹毒的官吏，这是冤枉我自己了。因为我心中有气。我不过是存心胡来，拿那些有事来求我的人和那个军官开开心，其实我从来也不会变成一个心怀歹毒的人。我时时刻刻意识到，在我心中有许许多多与此截然相反的因素。我感到这些相反的因素在我心中不断蠢动。我知道，这些相反的因素一辈子都在我心中蠢动，想要显露出来，但是我不让，不让它们出来，偏不让它们显露出来。它们折磨我，使我感到羞愧；把我弄得跟抽风似的——终于把我弄得烦透了，烦死了！诸位，你们是否觉得，我现在似乎是在向你们忏悔，在请求你们宽恕呢？……我相信，你们肯定是这样想的……然而，我要告诉你们，即使你们这样想，我也无所谓……

　　我不仅不会变成一个心怀歹毒的人，甚至也不会变成任何人：既成不了坏人，也成不了好人，既成不了小人，也成不了君子，既成不了英雄，也成不了臭虫。现在，我就在自己的这个栖身之地了此残生，愤恨而又枉然地自我解嘲：聪明人绝不会一本正经地成为什么东西，只有傻瓜才会成为这个那个的。是的，您哪，十九世纪的聪明人应该而且在道义上必须成为一个多半是无性格的人；有性格的人，活动家——多半是智力有限的人。这是我积四十年之经验形成的信念。我现在四十岁了，要知道，四十岁——这是整个一生；要知道，这已经是风烛残年，超过四十岁还活下去就不像样子了，就卑鄙了，不道德了！谁能活过四十岁？——您说真话，老实回答！我告诉你们谁能活过四十岁：傻瓜和坏蛋。我要把这一点当面告诉所有的老人，告诉所有那些德高望重的老人，告诉所有那些鹤发童颜、精神矍铄的老人！我要当面把这点告诉全世界！我有资格这样做，因为我自己会活到六十岁。活到七十岁！活到八十岁！……且慢！先让我喘口气……

诸位，你们大概以为我想逗你们发笑？这就错啦。我绝不是像你们以为的那样，或者像你们可能以为的那样是个非常快活的人；不过，假如你们被我的这套胡扯激起了兴趣（而我已经感到你们被激起了兴趣），想问我：我究竟是何许人？——那我可以回答你们：我是一名八品文官。我之所以在官署供职，纯粹是为了混口饭吃（但也仅仅是为此），当去年我的一房远亲立下遗嘱给了我六千卢布之后，我就立刻申请退职，蛰居在自己的角落，做起了寓公。以前我就住在这角落，现在则定居在这角落。我的房间很坏，很糟糕，在城边。我的女仆是个农村来的老娘们，又老又凶又蠢，而且她身上还常常发出一股臭味。有人对我说，彼得堡的气候对我的身体有害，以我这点微薄的资产住在彼得堡就显得太昂贵了。这一切我都知道，比所有那些富有经验而又聪明绝顶的谋士和点头示意派知道得更清楚。但是我还是留在彼得堡；我绝不离开彼得堡！我之所以不离开……唉！我离开不离开，还不完全一样吗。

不过话又说回来：一个正派人最爱谈什么呢？

回答：谈自己。

那我也来谈谈自己吧。

2

　　诸位，现在我要告诉你们（不管你们是否愿意听），为什么我甚至不会变成一只臭虫。我要郑重其事地告诉你们，有许多次我曾经想变成一只臭虫。但是连这也办不到。诸位，我敢向你们起誓，意识到的东西太多了——也是一种病，一种真正的、彻头彻尾的病。人在自己的日常生活中拥有普普通通的常识就够了，即只需拥有我们不幸的十九世纪思想发达的人（此外，尤其不幸的是他还住在彼得堡这样一个在整个地球上最抽象和最有预谋的城市之中——城市也有预谋和没有预谋之分①）所占份额的一半或四分之一就足够了。比如说，所有那些所谓不动脑子的实干家们——他们拥有的那点常识对于我们也就完全足够了。我敢打赌，你们一定以为我写这些是出于矫情，这么说俏皮话，挖苦那些实干家，而且还出于一种拙劣的矫情，把马刀弄得山响，就像我提到的那位军官一样。但是，诸位，谁会吹嘘自己的疾病，而且还以自己的疾病来炫耀呢？

不过我又算老几？——这一切人人在做，连疾病也有人在吹嘘，而我说不定比他们有过之而无不及。我们无意争论；我的反驳是荒唐的。但是我依旧深信，不仅过多的意识，甚至任何意识都是一种病态。我坚持这种看法。我们先暂时撇开这一话题不谈。请你们先告诉我：为什么在那时候，是的，在那时候，即在我最能意识到像我们从前所说的一切"美与崇高"②的所有微妙之处的时候，偏偏会发生这样的情况，即我已经不是去意识、而是去做这样一些不登大雅之堂的

① 影射当时存在于俄国社会中的政治迫害、秘密警察、人人自危。本书脚注均为译者注。
② "美与崇高"这一提法源出十八世纪伯克和康德的美学论文，后在1840—1860年间对纯艺术的美学观进行重新评价时，已具讽刺意味。

事了呢？……是啊，一句话说完，也许，这些事大家都在做，但是为什么偏偏在我最清醒地意识到根本不应该做这种事的时候，我却偏要去做这种事呢？我越是认识到善和这一切"美与崇高"，我就会越深地陷入我的泥淖以致完全不能自拔。但是关键在于我身上的这一切似乎并非出于偶然，而是好像理应如此。似乎这倒是我最正常的状态，而绝对不是一种病，也不是中了邪，因此到后来我也懒得再跟这种邪门的事作斗争了。最后，我差点要相信了（也许，还真相信了），这正是我的正常状态也说不定。然而起先，开始的时候，在这斗争中，我吃过多少苦，受到多少罪啊！我不相信别人也会这样，因此一直把这当作一件秘密隐藏于心，隐藏了一辈子。我感到羞愧（也许，甚至现在也感到羞愧）；以致发展到这样一种状态：常常，在某个极其恶劣的彼得堡之夜，回到自己的栖身之地，强烈地，意识到，瞧，我今天又干了一件卑劣的事，而且既然做了，也就无法挽回了——这时候我竟会感到一种隐蔽的、不正常的、卑鄙的、莫大的乐趣，然而内心里，秘密地，又会用牙齿为此而咬自己，拼命地咬，用锯锯，慢慢折磨自己，以致这痛苦终于变成一种可耻而又可诅咒的甜蜜，最后又变成一种显而易见的极大乐趣！是的，变成乐趣，变成乐趣！我坚持这一看法。我所以要说这事，是因为我想弄清楚：别人是否也常有这样的乐趣？我要向你们说明的是：这乐趣正是出于对自己堕落的十分明确的意识：是由于你自己也感到你走到了最后一堵墙；这很恶劣，但是舍此又别无他途；你已经没有了出路，你也永远成不了另一种人；即使还剩下点时间和剩下点信心可以改造成另一种人，大概你自己也不愿意去改造：即使愿意，大概也一事无成，因为实际上，说不定也改造不了任何东西。而主要和归根结底的一点是，这一切是按照强烈的意识的正常而又基本的规律，以及由这些规律直接产生的惯性发生的，因此在这里你不会改弦易辙，而且简直一筹莫展。结果是，比如说，由于强烈的意识：不错，他是个卑鄙小人，既然他自己也感到他当真是个卑鄙小人，好像这对卑鄙小人倒成了一种慰藉似的。但是够了……唉，废话说了一大堆，可是我又说明了什么呢……能用什么来说明这种强烈的快感呢？但是我偏要说明！一不做二不休，干脆把话说到底！因此我才拿起了笔……

比如说我这人非常爱面子。我就像个驼背或侏儒似的多疑而又爱发脾气，但是，说真的，我常有这样的时候。如果有人打我一记耳光，我甚至会引以为乐。说正经的：大概我能在这里找到一种强烈的快感，尤其是当你非常强烈地意识到你已经山穷水尽，走投无路的时候。再说，挨耳光——你会痛苦地意识到，你简直不是人，你成了一条鼻涕。主要是，琢磨来琢磨去，结果仍旧是一切全怪我，我永远是罪魁祸首，而最气人的是，可以说，根据自然规律，我永远是个无辜的罪人。我之所以有罪，首先因为我比我周围的人都聪明。（我常常认为我比我周围的人都聪明，而有时候，你们信不信，我甚至对此感到惭愧。起码，我一辈子不知怎么都望着一边，从来不敢正视别人的眼睛）。最后，我之所以有罪，是因为我身上尽管不乏宽宏大量，但是这宽宏大量实在无益而且有害，由于意识到这点，因而带给我更大的痛苦。要知道，我如果宽宏大量，大概就什么事情也做不成了：既不能宽恕（因为侮辱我的人也许会根据自然规律揍我一顿，而对自然规律是不能宽恕的），也不能忘却（因为尽管忘却也是自然规律，但毕竟很气人）。最后，即使我想根本不宽宏大量，而是相反，我要向侮辱我的人报仇，恐怕我在任何方面对任何人也报不了仇，因为我大概拿不定主意当真会去做什么事，即使能够做到也罢。为什么我拿不定主意呢？关于这点，我想单独说两句。

3

要知道，那些善于为自己复仇以及一般善于保护自己的人——比如说，他们是怎么做到这点的呢？我们假定，他们陡地充满了复仇情绪，除了这种感情外，这时在他们身上已经没有了任何别的感情。这样的先生会像一头发狂的公牛似的，低下犄角，直奔目标，除非前面有一堵墙才会使他止步。（顺便说说，这样的先生，即不动脑子的实干家们，撞墙后就只好真心实意地认输。对于他们，墙不是一种遁词，比如说，不像对我们这样一种只会想却什么事情也不会做的人；

对于他们，墙也不是一种走回头路的借口，对于这样的借口，像我们这样的人虽然自己也不信，但却总是很欢迎碰到这样的借口。不，他们是真心实意地认输。这墙具有一种使他们冷静，道义上使他们释然和一了百了的力量，很可能还具有某种神秘的魔力……但是关于墙我们下面再说。）对，您哪，这样一种不动脑子的人，我才认为是真正的、正常的人，他的慈母——把他仁慈地生养到人世间来的造化，希望看到他的也正是这样。对于这样的人我十分嫉妒，嫉妒到肝火上升，不能自已。这样的人很蠢，对此我无意同你们争论，但是，也许，一个正常人就应当是愚蠢的，你凭什么说不呢？这甚至太美了也说不定。我更加坚信我的这一怀疑是正确的，比如说，我们试举正常人的反题为例，即这人具有强烈的意识，当然，他不是来自大自然的怀抱，而是来自蒸馏甑^①（这已经近乎神秘主义了，诸位，但是，我也对此存有怀疑），那这个从蒸馏甑里出来的人，有时候在自己的反题面前甘拜下风

---

① 蒸馏甑在此象征科学。

38

到这样的地步，尽管他带着自己强烈的意识，却心甘情愿地认为自己不是人，而是只耗子。尽管他是一只具有强烈意识的耗子，但他毕竟是一只耗子，而这里说的是人，因此……如此等等。主要是，他自己，他自己硬要认为自己是一只耗子；谁也没有请他非做耗子不可；而这一点很重要。现在我们就来看看这只行动中的耗子。比如说，我们假定，它也受到了侮辱（而它几乎总是觉得受了侮辱），也想报复。它满腔怨愤，甚至积蓄的怨愤比l'homme de la nature et de la vérité①还多。那种对侮辱它的人以恶报恶的卑劣而又低下的愿望，在它身上心痒难抓的程度，也许比在l'homme de la nature et de la vérité的身上更卑劣，因为l'homme de la nature et de la vérité由于自己与生俱来的愚蠢，认为自己的报复无非是一种正义行为；可是这耗子，由于它那强烈的意识，却否认这是什么正义不正义的问题。它终于到了采取行动，实施报复的时候了。这个不幸的耗子除了自己起先的

① 法语：自然与真实的人。源出卢梭在《忏悔录》中的自况。

卑劣以外，又在自己周围以问题和疑虑的形式制造了一大堆其他的卑劣；它给每个问题又加上了许许多多没有解决的问题，不由得在它周围积聚了一大片要命的、腐烂发臭的污泥浊水，最后，还有庄严地站在它周围、大声嘲笑它的不动脑子的实干家们以审判者和独裁者的身份向它身上连声唾出的轻蔑。不用说，它只好挥一下自己的爪子，对一切不予理睬，脸上挂着连它自己都不相信的、假装轻蔑的微笑，可耻地溜进自己的洞穴。那里，在它那个极端恶劣的、臭不可闻的地下室里，我们这只受人侮辱、惨遭毒打和被人讥诮的耗子，便立刻陷入一种冷酷、恶毒，主要是无休止的怨愤之中。它会连续四十年一点一滴地回想起它受过的一切侮辱，直到最后一个让它感到奇耻大辱的细节，而且每次还凭借自己的想象故意增添一些更加可耻的细节来恶毒地撩拨自己和刺激自己。它自己也将为自己的想象感到羞耻，但它还是把一切细加回味，逐一琢磨，还凭空捏造，把一些不曾发生过的事硬加到自己头上，借口是"莫须有"，因此它什么也不宽恕。也许，它也会动手报复，但常常是鸡零狗碎，小打小闹，躲在炉子后面，偷偷摸摸，连它自己都不相信它有资格报复，更不相信它的报复会取得成功，而且它预先知道，由于它的这种想要报复的企图，它本身所受的痛苦将会百倍于它想要报复的人，而被它报复的那人恐怕连感觉都没有。它在临死的时候又会重新回想起一切，并加上整个这段时间积攒的利息和……但是，正是在这种冷酷的、令人极端厌恶的半绝望半信仰中，在这种因痛苦而故意把自己活埋在地下室长达四十年之久的岁月中，在这种刻意营造，但毕竟令人觉得多少有点可疑的自己处境的走投无路中，在这种龟缩进自己内心的愿望得不到满足的怨天恨地中，在这种不断动摇，痛下决心，可是过了一分钟又追悔莫及的忽冷忽热的焦躁中——正是这包含着我所说的那种异样快感的精髓。这事是这么微妙，有时候是如此地只可意会不可言传，以至于智力稍嫌迟钝的人或者

41

甚至于神经坚强的人，对此都可能莫名其妙。"也许那些从来没有挨过耳光的人，也会莫名其妙的。"你们也许会龇牙咧嘴地加上一句，从而向我有礼貌地暗示，我这辈子说不定也曾经挨过耳光，因此我说这话才会像个行家里手。我敢打赌，你们一定是这样想的。但是，请诸位少安毋躁，我没有挨过耳光，虽然你们对此怎么想我完全无所谓。也许我自己还觉得惋惜呢，因为我这辈子还很少左右开弓地让别人吃过耳光。但是够了，休要再提你们非常感兴趣的这个话题了。

我想继续心平气和地谈谈那些对某种微妙的快感一窍不通的神经坚强的人，在某种特殊情况下，比方说，这些先生虽然可以像公牛般大声吼叫，而且我们姑且假定，这还可能给他们带来极大的荣誉，但是我已经说过，因为不可能，他们也只好立刻偃旗息鼓。这"不可能"是否意味着遇到一堵石墙呢？这石墙究竟又是什么呢？唔，不用说，这就是自然规律，是自然科学的结论，是数学。比如说，他们会向你证明，你是猴子变的，于是你也只好接受这一事实，大可不必因此皱眉头。他们还会向你证明，实际上，你身上的一滴脂肪，在你看来，势必比别人身上的与你同样的东西贵重十万倍，由于这一结果，一切所谓美德和义务，以及其他的妄想和偏见，最终必将迎刃而解，你就老老实实地接受这一事实吧，没有办法，因为二二得四是数学。是驳不倒的。

"对不起，"他们会向您嚷嚷，"反对是办不到的：这是二二得四！自然界是不会向您请示的；它才不管您的什么愿望，它才不管您是不是喜欢它的什么规律呢。您必须接受它，因此它引起的一切结果，您也必须如实接受。既然是墙，那它就是墙……以及等等、等等。"主啊上帝，要是我由于某种原因根本就不喜欢这些自然规律和二二得四，这些自然规律和算术跟我又有什么关系呢？自然，我用脑门是撞不穿这样的墙的，即使我当真无力撞穿它，但是我也绝不与它善罢甘休，其原因无非是因为我碰上了一堵石墙，而我又势单力薄无能为力。①

似乎这样一堵石墙还当真成了我的一种安慰，其中还当真包含着某种刀枪入库，马放南山的和好之意，而其唯一的理由无非是二二得四。噢，真是荒唐已极！如果把一切都弄个明白，如果把一切，把一切不可能和石墙都认识清楚，那就完全不同啦；你们厌恶容忍、迁就，那你们就同这些石墙斗到底，一个也不迁就好啦；如果利用不可避免的最符合逻辑的推断居然得出令人最厌恶的结论，似乎说来说去，甚至连碰到石墙也是你自己不对，虽然显而易见，而且一清二楚，你根本没有任何不对之处，因此你只能默默地、无能为力地咬牙切齿，在惰性中变得麻木不仁而又自得其乐，想到甚至你想迁怒于人，结果却无人可以迁怒；甚至连对象也找不到，也许永远也找不到，这里出现了偷天换日，出现了掉包捣鬼，总之，这里简直乱成了一锅粥——既不知道什么是什么，也不知道谁是谁，可是尽管你们什么也不知道和出现了掉包捣鬼，你们还

---

① 陀思妥耶夫斯基是不同意关于社会发展的理性结论的。此外，对人、人的个性、人的意志和欲望等，亦然。

是会感到痛苦，你们不知道的事情越多，你们心里就越痛苦！

4

"哈哈哈！如此说来，那你在牙疼中也能找到乐趣啰！"您一定会大笑地叫起来。

"那又怎么啦？牙疼中也有乐趣嘛，"我回答，"我曾经整个月都闹牙疼，我知道牙疼自有牙疼的乐趣。这时候，当然，不是一声不响地生闷气，而是呻吟，哼哼；但是这呻吟不是公然的呻吟，而是一种心怀歹毒的呻吟，而这歹毒才是全部关键所在。患者的乐趣就表现在这呻吟中；如果他在呻吟中感不到乐趣——他也就不会呻吟了。这是一个很好的例子，诸位，请听我进一步发挥。首先，这呻吟表现出您这牙疼疼得毫无道理，使我们的意识感到屈辱；同时它也表现出整个自然规律，你们对这当然不屑一顾，但是你们对它却无可奈何，该疼还是得疼，而它却无所谓。同时，这呻吟又表现出一种意识：你们找不到敌人，有的只是疼痛；同时你们也意识到，连同所有的瓦根海姆[①]在内，完全是你们牙齿的奴隶；只要某人愿意，你们的牙齿就会停止疼痛；假如不愿意，你们就会一直疼下去，连疼三个月；直到最后，假如你们仍旧不同意，仍旧不买账，那，为了求得自我安慰，你们就只好把自己狠揍一顿，或者用拳头猛击你们家的墙壁，除此以外你们就毫无办法了。于是，由于这类痛彻心扉的侮辱，由于这类不知来自何方的嘲弄，你们终于开始感到某种乐趣，有时这种乐趣还会发展成一种高度的快感。我奉劝诸位，你们不妨抽空去听听十九世纪有教养的、患有牙疼的人的呻吟，不过要在他闹牙疼的第二天或者第三天，当他已经不像头一天那样呻吟，

---

① 瓦根海姆系牙医名。据《圣彼得堡地名大全》载：十九世纪六十年代中叶，彼得堡姓瓦根海姆的牙医共有八名。

也就是说不单纯因为牙疼而呻吟，已经开始另一种呻吟的时候；也就是说，他呻吟起来已经不再像个粗鄙的下人，而是像个颇有文化修养和受过欧洲文明感染的人，像个正如现在人们常说那样'脱离了根基和以民为本'①的人那样呻吟。他那呻吟逐渐变成一种可憎的、既下流而又恶毒的呻吟，而且整天整夜哼哼个没完。他自己也知道，他这样哼哼绝不可能给他带来任何好处；他比所有的人都知道得清楚，他这样做是徒劳的，刺激自己和刺激别人，使自己痛苦也使别人痛苦；他也知道，甚至他竭力对之装腔作势的听众以及他全家，听到他没完没了的哼哼，已经感到极端厌恶，已经丝毫也不相信他，他们心里明白，他完全可以换一种方法来哼哼，简单点，不要怪腔怪调，不要矫揉造作，他这样做无非是出于恶意，由于心怀歹毒而任意妄为。正是在所有这些意识和耻辱中，他感到一种极大的快感。说什么'我使你们不得安生了，我伤了你们的心，而且不让家里所有的人睡觉了。那你们就

---

① 　陀思妥耶夫斯基兄弟曾于十九世纪六十年代后创办《时代》与《时世》
　　两杂志，提出了"根基论"这一政治主张，这是两家杂志常见的典型提法。

不睡觉好啦，我要你们每分钟都感到我在牙疼。对于你们，我现在已经不是我过去想扮演的那样是个英雄了，我不过是个可恶而又讨嫌的人，是个无赖。那就随他去好啦！你们终于看透我是怎样的人了，我很高兴。你们听到我的下流的呻吟声感到难受了吗？那就难受去吧；我还偏要怪腔怪调地让你们更难受……'诸位，你们现在还不明白吗？不，看来，要弄清这种快感的所有微妙曲折，你们还要下一番苦功夫，大大地提高修养，大大地提高认识！你们在笑？非常高兴，您哪。诸位，我这笑话当然很粗鄙，东一榔头西一棒槌，自相矛盾，语无伦次，自己都不相信自己。但是，要知道，这是因为我自己都不尊重我自己。难道一个洞察一切的人能够多多少少地尊重他自己吗？"

5

　　一个人甚至都敢在自己受屈辱的感情中寻找乐趣，难道这人能够哪怕或多或少地尊重他自己吗？现在我说这话并不是出于一种令人作呕的忏悔。再说，一般说，我也最讨嫌说什么："饶恕我，神父，我以后再不了"——倒不是我不会说，而是相反，也许正因为我太擅长这样说和这样做了，而且还是此中高手！常常，我甚至毫无过错，却偏偏在这样的情况下，我会落进这一怪圈。这就让人太恶心了。在这种情况下，我而且会深受感动，追悔莫及，痛哭流涕，当然，我这是在欺骗自己，虽然我根本不是装假。这时不由得让人恶心……这时甚至都不能怪罪自然规律，虽然这自然规律经常欺负我，欺负了我一辈子，更甚于其他事物。想到这一切都让人恶心，再说回想这事本身就够恶心的了。要知道才过了区区一分钟，我已经在恶狠狠地想（这是常事），这一切都是假的，假的，令人恶心的虚情假意，也就是说所有这些忏悔呀，所有这些感动呀，所有这些发誓和立志悔改呀等等，都是假的。你们可能会问，我这样装模作样地糟蹋自己，折磨自己，究竟是为了什么呢？回答：为的是无所事事地坐着太无聊了；于是我就矫揉造作一番。没错，正是这样。诸位，最好你们留意一下自己的所作所为，那时候你们就会明白真是这样。我自己给自己编造了一套奇异的经历，自己给自己编造了一套身世，以便优哉游哉，聊以卒岁。我曾经多次发生过这样的事——比如说吧，摆出一副受委屈的样子，并不是因为真出了什么事，而是存心要这样；因为，你自己也知道，常常，这气生得毫无道理，可是却故意摆出一副生气的样子，以致后来把自己弄得，真的，还当真生气了。我这辈子不知道为什么还就爱玩这套把戏，以致到后来我自己都管不住自己了。有一回我还自作多情地爱上了一个人，甚至发生了两次。诸位，告诉你们吧，我当时很痛苦。我在心灵深处也不相信我会感到痛苦，我暗自嘲笑自己，可是我毕竟很痛苦，而且还是真正名副其实的痛苦；我嫉妒，我怒不可遏……而一切都是因为无聊，诸位，一切都是因为无聊；有一种惰性压迫着你。要知道，意识的直接的、合乎规律的果实就是惰性，也就是说这是一种有意识的无所事事。这点我已经在上面说过了。我再重复一遍：所有那些不动脑子的实干家们，他们之所以充满干劲，无非是因为他们脑筋迟钝和智力有限。这情况应当怎样解释呢？应当这样解释：他们由于自己智力有限，于是就把最近的、次要的原因当成了始初的原因，于是也就比别人更快和更容易地相信，他们已经找到了自己事业的无可争辩的基石，于是他们也就心安理得了；这是主要的。要知道，为了开始行动，就必须事先完全心安理得，不留一丝一毫的疑虑。比如，我是怎样使自己感到心安理得的呢？我关注的始初的原因究竟是什么呢？它的基石又究竟何在呢？我是从哪里找到它们的呢？我练习思维，因此，我的任何一个始初原因就会立刻连带地拽出另一个起始更早的原因，如此等等，以至无穷。任何意识和思维的本质就是这样。可见，这又是一种自然规律。那最后结果又怎样呢？完全一样。请诸位想想：方才我讲到报复。（你们大概没有领会）。我说，一个人之所以要报复，是因为他认为这样做是对的。也就是说，他找到了始初的原因，找到了基石，具体说：就是这样做的正义性。可见，他各方面都十分心安理得，因此他报复起来也就十分从容，十分成功，因为他坚信他正在做一件光明磊落而又十分正义的事。可我却看不出这里有什么正义性，也找不到这里有任何高尚的品德，因此，如果要报复，那就只能出于一种愤恨。当然，愤恨足以战胜一切，足以战胜我的所有疑虑，可见，正因为愤恨并不是原因，所以它能够顺顺当当地完全取代那个始初的原因。但是，如果我连愤恨都没有，那怎么办呢（要知道，方才我就是从这点开始谈起的）。我心中的愤恨，又由于意识的这些可恶的规律遭到了化学分解。睁开眼睛一看——对象挥发掉了，理由蒸发了，找不到有罪的人，侮辱也就变成了不是侮辱，变成了命该如此，这在某方面颇像牙疼，谁也没有错，因此剩下的只有同样的出路——狠狠地捶墙。你只好挥挥手，因为你找不到始初的原因。你不妨盲目地听从自己感情的驱使，不要发议论，不要寻找始初的原因，驱散你的意识，哪怕就赶走这一小会儿也行啊；恨或者爱，只要不无所事事地坐着就成。后天，这已经是最后期限了，你一定会开始自己都瞧不起自己，因为你在明明白白地自欺欺人。结果是：肥皂泡和惰性。噢，诸位，要知道，我之所以自认为是聪明人，大概是因为我毕生什么事也不做，既无所谓开始，也无所谓结束。就算，就算我是个清谈家吧，但是我跟我们大家一样，是个无害的、令人遗憾的清谈家。但是，如果任何一个聪明人的直接的、唯一的使命就是清谈，也就是说蓄意地空对空，又有什么办法呢？

6

噢，如果我什么事也不做只是因为懒惰就好啦。主啊，那我会多么尊敬自己啊。我之所以尊敬，正是因为至少我还能够在自己身上拥有懒惰；我身上至少还有一个特点似乎是确定的，是我自己对它有把握的。问题：我何许人耶？回答：懒虫也；要知道能够听到自己这样的评价，真是太开心啦。这意味着，我受到了确定的评价，我对自己就有话可说了。"懒虫"——须知，这是一种称号和使命，也是一种专业，您哪。请别开玩笑，正是这样。那我就可以当之无愧地成为天字第一号俱乐部的会员，我整天忙活的就只能是不断地对自己肃然起敬。我认识一位先生，他终身以他对拉非特酒十分在行而自豪。他认为这是他的一大优点，而且从来没有怀疑过自己。他死的时候不仅心安理得，问心无愧，而且简直兴高采烈，他这样想是完全对的。那时候，如果让我挑专业的话：我非挑懒虫和酒囊饭袋不可，但不是普普通通的懒虫和酒囊饭袋，而是，比如说，寄情于一切"美与崇高"的懒虫和酒囊饭袋。诸位对此有何高见？这可是我早就梦寐以求的。这"美与崇高"在我行年四十之际紧紧压着我的后脑勺；但这是在我行年四十的不惑之年，可那时候——噢，那时候就又当别论啦！我会立刻给自己找到一件适当的活动——说穿了，就是为一切"美与崇高"干杯。我一定会利用任何一次机会，先是把眼泪滴进自己的酒杯，然后为一切"美与崇高"把它一干而净。那时候，我一定会把世界上的一切都变成"美与崇高"；我一定会在极其龌龊，无疑是乱七八糟的废物中找到"美与崇高"。我一定会像块潮湿的海绵一样变得泪眼婆娑。比方说，一位画家画了一幅盖[①]的画。于是我就立刻为画了这幅盖的画的画家干杯，因为我爱一切"美与崇高"。一位作家写了《无论是谁，悉听尊便》[②]；于是我就立刻为"无论是谁，悉听尊便"的健康干杯，因为我爱一切"美与崇高"。为此我要求别人必须尊敬我，谁敢对我不尊敬，我就跟谁没完。活得心安理得，死得兴高采烈——这简直太美了，美极了！那时候我一定会大腹便便，有三层下巴，还长了个酒糟鼻，于是任何一个遇见我的人，看见我这副尊容都会说："瞧这人活得多滋润！这才是真的没有白活！"诸位，随你们怎么看，悉听尊便，反正在我们这个否定一切的时代，听到这样的评论还是蛮开心的。

---

① 　尼古拉·尼古拉耶奇·盖（1831—1894），俄国画家。
② 　此处是作者对萨尔蒂科夫–谢德林的论战性攻击。画家盖于1863年画了《最后的晚餐》，谢德林对这幅画给予很高的评价。陀思妥耶夫斯基不以为然，认为这幅画蓄意混淆历史与当前的现实，是虚假的，根本不是现实主义。《无论是谁，悉听尊便》是谢德林发表在《现代人》杂志1863年第7期上的一篇文章。

7

　　但是这一切都是宝贵的幻想。噢，请问，是谁第一个宣布，是谁第一个宣告，一个人之所以净干卑鄙下流的事，乃是因为他不知道自己的真正利益；如果让这人受到教育，让他睁开眼睛看到他的真正的、正常的利益，那这人就会立刻停止作恶，立刻成为一个善良的人，高尚的人，因为他受到了教育，已经懂得自己的真正利益，正是在做好事中看到了自己的切身利益，很清楚，没有一个人会明知道自己的利益所在却反其道而行之的，因此，可以说，他是因为必须这样做才去做好事的？噢，幼稚的孩子！噢，纯洁而又天真的孩子啊！首先，在这数千年中究竟何年何月，一个人仅仅是出于自己的利害考虑才去做这做那的呢？我们究竟应该怎样来看待这成百万、成千万的事实，这些事实都证明，有些人**明**知道，也就是说完全懂得自己的真正利益，可是他们硬是把自己的利益摆到次要地位，奋不顾身地硬要走斜路，去冒险，去碰运气，可是谁也没有，什么事情也没有强迫他们这样做呀，似乎他们偏不愿意走指给他们的正路，而是顽固地、一意孤行地硬要开辟另一条困难的、荒谬的路，几乎在漆黑一团中摸索前进。要知道，这意味着，他们还当真觉得这顽固地一意孤行比任何利益都要开心……利益！什么是利益？你们敢不敢给它下个完全精确的定义：人类的利益究竟何在？如果出现这样的情况：**有时候人类的利益不仅可能，甚至必须存在于在某种情况下希望自己坏，而不希望对自己有利——那怎么办呢？**如果这样，如果这样的情况可能出现，那整个规则就将化为乌有。你们是怎么想的呢？常常会出现这样的情况吗？你们在笑；你们笑吧，诸位，不过请你们回答，人类的利益被计算得完全精确吗？有这样一些利益，不仅无法归类，而且无法归入任何一类。要知道，诸位，据我所知，你们的人类利益清单，是从统计数字和经济学公式中取了个平均数演算出来的。要知道，你们的利益——就是幸福、财富、自由、太平，以及其他等等，等等；因此一个人，比如说，他明知故犯地非要逆潮流而动，反对这一利益清单，那，在你们看来，是呀，当然，我也是这么看的，那他就是个蒙昧主义者或者完完全全是个疯子，不是吗？但是，要知道，有一点叫人感到很吃惊：为什么会发生这样的情形，所有这些统计学家、哲人以及热爱人类的人，在计算人类利益的时候，常常会忽略一种利益呢？甚至都不把它以它应有的形式计算在内，可是这个计算是否正确却取决于这点。其实也没什么大不了，把它，把这利益拿过来，加到清单里面去就是了。但是要命的是，这一十分微妙的利益却归不进任何一类，因此也填不进任何清单。比如说，我有一个朋友……唉，列位！他不也是你们的朋友吗；再说，他跟谁不是朋友呢！这位先生在准备做一件事情的时候，他会立刻向你们口若悬河和一清二楚地叙述他将怎样按照理性和真理的规律付诸行动。此外，他还会激动地和充满热情地向你们讲到真正的、正常的人类利益；他还会讥诮地指责那些既不懂自己的利益，又不懂高尚品德的真正意义的、目光短浅的蠢货；可是——才过了刚刚一刻钟，也没有任何突如其来的、外来的缘由，而是完全根据某种内在的，比他的所有利益都强烈的冲动——猝然改弦更张，抛出一个完全不同的新花样，也就是说公然反其道而行之，与他本人刚才说的南辕而北辙：既违反理性的规律，又违反他自己的利益，嗯，总而言之，违反一切……我要在这里提醒大家，我的这位朋友是个集合名词。因此很难仅仅责备他一个人。诸位，问题就在这里，是否存在而且还当真存在着这样一种几乎任何人都把它看得比他的最佳利益更宝贵的东西，或者说（为了不违背逻辑）有这样一种最有利的利益（也就是我们刚才说的被忽略的利益），它比所有其他利益更重要，更有利，为了它，在必要时一个人甚至不惜违背一切规律，也就是说，不惜把理性、荣誉、太平、幸福——一句话，不惜把所有这些美好和有益的事物都置诸脑后，只要能够达到他看得比什么都宝贵的这一始初的、最有利的利益就成。

"嗯，这毕竟也是利益呀。"你们一定会打断我的话说。"对不起，您哪，且听在下慢慢道来，再说，问题并不在于玩弄文字游戏，而在于这一利益之所以引人注目，因为它破坏了我们的所有分类法和热爱人类的那些人为了幸福而建构的所有体系，经常把它们砸得粉碎。总之，到处捣乱，妨碍一切。但是，在我向诸位说明这利益究竟是什么之前，我还想不揣谫陋，冒昧宣布，所有这些美好的体系，所有这些向人类说明什么是他们真正而又正常的利益的理论，为的是让人类在努力达到这些利益的同时，立刻变成一个善良而又高尚的人——在我看来，目前这还不过是个逻辑斯提[①]！是的，您哪，逻辑斯提！要知道，哪怕确立这样一种理论，即利用人类自己的利益体系来使全人类获得新生的理论，要知道，在我看来，几乎都一样……嗯，比如说吧，哪怕我们紧随巴克尔[②]之后主张，由于文明，人会变得温和起来，因此会变得不那么嗜血成性，不那么好战。从逻辑看，他讲得似乎也有道理。但是人是如此偏爱建立体系和偏爱抽象结论，因此宁可蓄意歪曲真相，宁可装聋作哑，视而不见，只要能够证实自己的逻辑就成。我之所以援引这个例子，因为这例子太明显了。再请诸位环视一下四周：血流成河，而且大家还十分开心，倒像这是香槟酒似的。再请诸位看看巴克尔所生活的我们的十九世纪。再请诸位看看拿破仑——那个伟人以及现在的这一个[③]。再请诸位看看北美——这个永恒的联盟[④]。最

---

① 逻辑学名词，指数理逻辑或符号逻辑，或指烦琐空洞的议论。

② 巴克尔·亨利·托马斯（1821—1862），英国历史学家和社会学家，他在其所著《英国文明史》中说，随着文明的发展，民族与民族间的战争将会逐渐终止。

③ 指拿破仑一世（1769—1821）与拿破仑三世（1808—1873），他俩在位时，法国曾多次发动对外侵略战争。

④ 1861—1865年间，美国曾发生"南北战争"，征讨南部各州奴隶主掀起的叛乱，结果以林肯为首的联邦政府取得胜利而告终。

后还要请诸位看看那个闹剧般的石勒苏益格-荷尔斯泰因①……这文明到底使我们的什么东西变温和了呢？文明只是培养了人的感觉的多样性……除此以外，别无其他。正是由于培养了这种感觉的多样性，人大概才会发展到在流血中寻找乐趣。要知道，人发生这样的事已屡见不鲜。你们注意到没有，手段最巧妙的屠杀者，往往几乎都是最文明的大人先生，甚至所有那些形形色色的阿提拉们和斯坚卡·拉辛们②都无法望其项背，如果说他们并不像阿提拉和斯坚卡·拉辛那样引人注目，那也只是因为这样的人见得太多了，太平常了，见怪不怪。由于文明的发展，如果说人不是因此而变得更加嗜血成性的话，起码较之过去在嗜血成性上变得更恶劣，更可憎了。过去他肆意屠杀，还认为这是正义行为，因此他消灭他认为应当消灭的人时问心无愧，心安理得；可现在我们虽然认为肆意屠杀是一种丑恶行为，可是我们依旧在做这种丑恶的事，而且还较过去更甚。哪种更恶劣呢？——你们自

①　石勒苏益格-荷尔斯泰因，原为德意志的一个公国，从1773年起，实际上已经成了丹麦的一个省。1864年，普鲁士联合奥地利发动了丹麦战争，遂把这一地区并入普鲁士。

②　阿提拉（约406—453），人称神鞭，匈奴王。他曾在罗马帝国、伊朗和高卢境内发动多次毁灭性的远征。斯坚卡·拉辛系顿河哥萨克，曾领导过1667—1671年的俄国农民战争。

己决定吧。据说，克娄巴特拉①（请原谅我从罗马历史中举的这个例子）喜欢用金针刺她女奴的乳房，在她们的喊叫和痉挛中寻找乐趣。你们会说，这发生在相对而言的野蛮时代；不过现在也是野蛮时代呀，因此（也是相对而言）现在也有用针刺人的现象；即使现在人学会了有时候比野蛮时代看问题看得更清楚些，但是还远没有**养成**像理智与科学指引他的那样行动的**习惯**。但是你们仍旧坚信不疑，他一定会养成这习惯的，那时候某些古老的坏习惯就会一扫而光，健全的头脑、清醒的理智和科学将会把人的天性完全改造过来，并指引他走上正路。你们坚信，那时候人自己就不会再**自愿**去犯错误了，可以说吧，他不由得再也不愿把自己的意志和自己的正常利益分开了。除此以外，你们会说，那时候科学本身就会教会人认识到（其实，照我看来，这不过是奢侈），实际上他既不可能有意志，也不可能恣意妄为，而且这样的情况从来也不曾有过，而他自己无非是某种类似于钢琴上的琴键②或者管风

① 克娄巴特拉（公元前69—前30），古埃及托勒密王朝的末代女王，貌美，有埃及艳后之称。她一生的浪漫悲剧成了后世许多文艺作品的题材，其中以莎士比亚的悲剧《安东尼和克娄巴特拉》最著名。她的名字在1861年的报刊上常被提起。见陀思妥耶夫斯基《答〈俄国导报〉》（1861）。

② 指法国哲学家狄德罗（1713—1784）在其所著《达朗贝尔和狄德罗的谈话》（1769）中所说："我们不过是些天生有感觉能力和记忆力的工具。我们的感觉就是琴键，我们周围的大自然常常敲击它们，它们也常常会自己敲击自己。"

琴中的琴销而已；此外，世界上还有自然规律；他不管做什么，根本不是按照他的愿望做，而是按照自然规律自行完成的。因此这些自然规律只要去发现就成，人对自己的行为可以不负责任，因此他活得非常轻松。不言而喻，人的一切行为也将根据这些规律按数学方式就像查对数表似的进行核算，直到十万零八千，然后再把它载入历书；或者还有更好的办法，将会出现几种方便大家使用的出版物，就像现在常见的百科辞典那样，其中一切都精确地计算过和排列好了，这样一来，世界上就再也不会有任何自行其是的行为和意外了。

那时候（这些话都是你们说的）就会出现一种新的，已经是完全现成的，也是用数学方法精确计算过的经济关系，因此各种各样的问题也就在刹那间烟消云散了，说实在的，因为这些问题已经有了各种各样现成的答案。到那时候就能建成水晶宫了[①]。那时候……嗯，总之，那时候就会飞来一只可汗鸟[②]。当然，没

① 影射车尔尼雪夫斯基的小说《怎么办？》中《韦拉·巴夫洛夫娜的第四个梦》，其中描写了一座用金属和水晶建成的宫殿，正如傅立叶在《普遍统一论》中所想象的那样，里面住着社会主义社会的人。这座宫殿的原型，则是伦敦塞屯汉山上始建于1851年的水晶宫。
② 据民间传说，这种神奇的鸟会给人带来幸福。

有人能够担保（我现在还是这么说），那时候，比如说，不会让人觉得十分无聊（因为那时候一切都按对数表计算，又有什么办法呢），不过一切都会做得非常理智。当然，由于无聊，什么事情想不出来呢！由于无聊，金针不是也可以扎进人的身体里去吗，但是这也没什么。糟糕的是（这又是我说的），就怕那时候人们还欢迎金针来刺他们呢。要知道人是愚蠢的，少有的愚蠢。也就是说，他虽然根本不愚蠢，但是却非常忘恩负义，忘恩负义到再也找不到比他更忘恩负义的了。我对出现这样的现象是一点也不会感到惊奇的，比方说，在未来大家都很理智的情况下，突然无缘无故地出现了一位绅士，相貌粗俗，或者不如说，相貌刁顽而又满脸嘲弄，他两手叉腰，对我们大家说：怎么样，诸位，咱们好不好把这整个理智一脚踢开，让它化为乌有呢，我们的唯一目的就是让这些对数表统统见鬼去，让我们重新按照我们的愚蠢意志活下去！这还没什么。但可气的是他肯定能找到追随者：人的天性就是这样。而这一切都是一个最无聊的原因造成的，而这原因似乎都不值得一提：这无非是因为一个人，无论何时何地，也无论他是谁，都喜欢做他愿意做的事，而根本不喜欢像理性与利益命令他做的那样去做事；他愿意做的事也可能违背他的个人利益，而有时候还**肯定违背**（这已经是我的想法了）。纯粹属于他自己的随心所欲的愿望，纯粹属于他自己的哪怕最刁钻古怪的恣意妄为，有时被刺激得甚至近乎疯狂的他自己的幻想——这就是那个被忽略了的最有利的利益，也就是那个无法归入任何一类，一切体系和理论经常因它而灰飞烟灭去见鬼去的最有利的利益。所有这些贤哲们有什么根据说，每个人需要树立某种正常的，某种品德高尚的愿望呢？他们凭什么认定每个人必须树立某种合乎理性的、对自己有利的愿望呢？一个人需要的仅仅是他**独立的**愿望，不管达到这独立需要花费多大代价，也不管这独立会把他带向何方。须知，鬼才知道这一愿望……

8

　　"哈哈哈！如果您愿意的话，其实，这愿望根本就不存在！"你们会哈哈大笑地打断我，"科学至今已经把人这东西解剖透了，因此现在我们已经知道，愿望和所谓自由意志，无他，不过是……"

　　"且慢，诸位，我自己本来也想这样分析的。不瞒诸位，我甚至都害怕了。我刚才本来想大叫，鬼才知道一个人的愿望取决于什么，这大概得谢谢上帝，我想起了科学，可是……话到嘴边又咽了回去。而这时候你们就说起来了。要知道，说真格的，要是有朝一旦人们果真能找到我们所有的愿望和恣意妄为的公式，也就是它们依据的公式究竟是根据哪些规律产生的，它们是怎么发展的，它们在如此这般的情况下追求的目标是什么，等等，等等，也就是说找到那个真正的数学公式——那，那到时候，这人大概也就会立刻停止愿望什么了，而且，也许，肯定不会再有什么愿望了。谁乐意根据对数表来愿望这愿望那呢？而且，他还会立刻从一个人变成管风琴中的一根琴销或者与此相类似的某种东西：因为一个人如果没有愿望，没有意志，那还算什么人呢？这不是跟管风琴中的琴销一样了吗？诸位高见？咱们来计算一下概率——这情形会不会发生呢？

　　"唔……"你们认定道，"由于我们对我们利益的错误看法，因此我们的愿望也大部分是错误的。因此，有时候我们情愿听一些纯粹的胡说八道，由于我们的愚蠢，我们在这胡说八道中居然看到达到某种预先设定的利益的最便捷的途径。嗯，当这一切都在纸上写清楚和计算清楚了（这是非常可能的，因为，如果预先就相信某些自然规律是人永远无法认识的，那岂不太可恨，也太没意思了吗），到那时候，当然，也就不会有所谓愿望了。要知道，假如什么时候愿望与理性完全串通好了，到那时候我们就只会发发议论，而不会想去做什么，因为不可能，比如说吧，一方面保持着理性，另一方面又想做一些毫无意义的事，这样岂不是明知故犯，置理性于不顾，希望自己坏吗……因为所有的愿望和所有的议论的确可能都已经计算好了，因为总有一天人们会发现我们的所谓自由意志的规律的，这样一来，不是开玩笑，还真可以建立一个类似于对数表的东西，因此我们还真可以按照这个表来表现自己的愿望。比如说吧，假如什么时候有人给我计算好了，并且向我证明，如果我向某某人做那个表示轻蔑的手势①，因为我不能不做，并且一定得用某个手指来这样做，那样我还有什么自由可言呢，尤其因为我还是个学者，还在某某大学毕过业？要知道，那

①   西俗以手握拳，单竖中指，以示轻蔑与嘲弄。

样的话，我就能预先计算出我今后三十年的整个一生了；总之，如果真是这样，那我们岂不是无事可做了吗；反正好赖都得接受。再说我们还得不厌其烦地一再对自己说，肯定在某个时候和某某情况下，造化是不会征求我们的意见的；造化怎么安排，我们就得怎么接受，而不是我们怎么幻想，就怎么接受，如果我们果真想按照对数表和日程表办事，嗯……哪怕就按蒸馏甑办事呢，那有什么办法，那就只好接受蒸馏甑了！要不然，即使你们不同意，这蒸馏甑也会照样被接受……"

"是啊，您哪，但是，正是这点是我思想上的一大障碍！诸位，请你们原谅，我不着边际地净高谈阔论了；这是因为我四十年来一直住在地下室！请允许我发挥一下自己的幻想。你们瞧：诸位，理性的确是个好东西，这是无可争议的，但是理性不过是理性罢了，它只能满足人的理性思维能力，可是愿望却是整个生命的表现，即人的整个生命的表现，包括理性与一切搔耳挠腮。即使我们的生命在这一表现中常常显得很糟糕，但这毕竟是生命，而非仅仅是开的平方根。要知道，比如说，十分自然，我之所以要活下去，是为了满足我整个生命的官能，而不是仅仅为了满足我的理性思维能力，也就是说，理性思维能力只是我的整个生命官能的区区二十分之一。理性知道什么呢？理性仅仅知道它已经知道的东西（除此以外，大概它永远也不会知道别的了；这虽然不足以令人感到快慰，但是为什么不把它如实说出来呢？），可是人的天性却在整个地起作用，天性中所有的一切，有意识和无意识，哪怕它在胡作非为，但它毕竟活着。诸位，我怀疑，你们不胜惋惜地看着我；你们一定会翻来覆去地对我说，一个受过教育和有文化修养的人，总之，一个未来的人，是不可能明知对自己不利而偏要跟自己为难，跟自己作对的，这是数学，是明摆着的事。我完全同意，这的确是数学。但是我要向你们第一百次地重复一个道理，只有一种情况，只有这一种，即一个人可能会故意，会有意识地甚至希望对自己有害，希望自己干蠢事，甚至干最蠢的事，即：有权希望自己能够做甚至最蠢的事，而不是只许做事来束缚自己的手脚。要知道，这愚蠢无比的事，要知道，这乃是他们自己随心所欲想干的事，诸位，说不定，对于我辈，它还真是世界上最有利的事，特别是在某种情况下。甚至包括在这样的情况下，它非但对我们明显有害，而且公然违背我们的理性关于是否对我们有利的最合理的结论，可是他对我们也可能是最有利的——因为无论如何给我们保留了最主要和最宝贵的东西，即我们的人格和我们的个性。于是有些人说，这对于人的确是最宝贵的东西；愿望，当然，如果它愿意的话，也可能与理性是一致的，尤其是不滥用它，而是适可而止地使用它的话；这非但有好处，有时甚至还值得赞许。但是愿望经常，甚至多半与人的理性完全背道而驰，甚至顽固地违背理性，而且……而且……你们知道，这非但有好处，甚至有时候还非常值得赞许吗？诸位，我们姑且假定，人并不笨。（的确，关于人是无论如何不能这么说的，哪怕就凭这一点也不难看出，如果说他笨，那还有谁聪明呢？）但是，即使他不笨，却极端忘恩负义。我甚至认为，人的最好定义——这就是：忘恩负义的两脚动物。但是这还不是全部；这还不是人的主要缺点。他的最主要缺点是一贯的品质恶劣，一以贯之，从远古时代普天下洪水泛滥时起，直到人类命运的石勒苏益格－荷尔斯泰因时期为止。品质恶劣，因而也就出现了不明智；因为早就众所周知，人的不明智无非产生于人的品质恶劣。请诸位不妨浏览一下人类史吧；嗯，你们看见什么了？雄伟壮观吗？大概是吧，尽管很壮观；比如说，单是罗得岛上的那座巨像①就得大书特书！难怪阿纳耶夫斯基先生谈到它时说，有些人说它是人工创造的作品；而另一些人则坚持这是造化的杰作。五彩缤纷？大概是吧，尽管五彩缤纷；只要看看各个时代和各民族军官与文官的礼服就行了——单凭这个就值得大书特书，

---

① 指位于地中海罗得岛上的太阳神青铜巨像，高约33米，被誉为古代世界的七大奇迹之一。

而文官制服就足以令人目迷五色，分也分不清；任何一个历史学家都会对此感到头疼。单调吗？嗯，也许吧，的确显得很单调：打过来，打过去，现在打仗，过去打仗，今后还要打仗——你们得承认，这甚至于太单调了。总之，一切都可以用来形容这整个世界史，即最紊乱的想象力能够想到的一切。只有一句话没法拿来形容——即合乎理性。刚说头一句话你们就被人噎了回去。甚至还常常会碰到这样一类把戏：要知道，生活中常常会出现这样一些品德优良和富有理性的人，这样一些贤哲和热爱人类的人，他们的人生目标就是好好做人，尽可能做到品德优良和合乎理性，可以说吧，以身作则，给他人指明方向，说实在的，就是为了向他人证明，一个人活在世上的确可以做到既品德优良而又合乎理性。结果怎样呢？大家知道，许多有志于此的人，早也罢，晚也罢，在生命行将终了的时候，叛变了自己的为人宗旨，闹了个大笑话，有时这笑话甚至还非常不登大雅之堂。现在我要请问诸位：

一个具有这样怪异品质的人，我们能期望他做出什么好事来呢？你们可以把一切人间财富撒满他全身，你们可以把他完全淹没在幸福中，就像在水面上似的只看见他在幸福的表面不断冒泡；你们可以让他在经济上如此富足，让他再也不需要做任何事情，除了睡觉，吃蜜糖饼干，以及张罗着不要让世界史中断①以外——即使这样，他，也就是这人，出于他的忘恩负义，出于纯粹的血口喷人，也会做出肮脏下流的事来，他甚至会拿他的蜜糖饼干冒险，故意极其有害地胡说一起，故意做出毫无经济头脑的极其荒谬的事，他这样做的唯一目的就是为了在这一切积极有利的合乎理性的行为之中硬掺上一些他自己的极端有害的虚妄的因素。他之所以硬要留住自己的虚妄幻想，留住自己的极端卑鄙的愚蠢，唯一的目的就是为了向自己证明（倒像这样做非常必要似的），人毕竟是人，而不是钢琴上的琴键，可以任由自然规律随意弹奏，但是弹奏来弹奏去却可能弹出这样的危险，即除了按日程表办事以

---

① 指繁衍后代。

外，什么事也不敢想不敢做。不仅如此，甚至在这样的情况下，即使他当真是一枚钢琴上的琴键，而且有人甚至利用自然科学和运用数学方法向他证明了这点，即便这样，他也不会变得理性一些，他非要反其道而行之，他这样做仅仅因为忘恩负义；非固执己见不可。倘若他没有办法，不可能这样做——他就会想办法来破坏和制造混乱，想办法来制造各种各样的苦难，非把自己的主张坚持到底不可！然后向全世界发出诅咒，因为只有人才会诅咒（这是人的特权，也是人之所以区别于其他动物的最主要之点），要知道，他单靠诅咒就能达到自己的目的，也就是说真正确信他是人，而不是钢琴上的琴键！假如你们说，这一切，这一切也都可以按照对数表计算出来，既包括混乱，也包括黑暗和诅咒，既然可以预先算出来，就可以防止一切，理性就会起作用——那人遇到这种情况就会故意变成疯子，为的就是不要有理性，为的就是固执己见！我相信这点，并且对这说法负责，因为，要知道，整个的人的问题，似乎还的的确确在于人会时时刻刻向自己证明，他是人，而不是什么管风琴中的琴销！哪怕因此而挨揍，还是要证明；哪怕说他野蛮，说他不开化，还是非证明不可。而在这之后怎能不作孽，怎能不夸耀，说什么这倒还没有发生，这愿望暂时还只有鬼知道取决于什么……"

你们一定会向我嚷嚷（假如你们还肯赏光向我嚷嚷的话），这里谁也没有剥夺我的意志呀；这里大家关心的只是怎样都能使我的意志自觉地与我的正常利益，与自然规律和算术取得一致呀。

"唉，诸位，当事情发展到运用对数表和算术，当人们只知道二二得四的时候，这时候还有什么自己的意志可言呢？即使没有我的意志参与，二二也是得四。所谓自己的意志难道就是这样吗！"

9

诸位，当然我在开玩笑，我自己也知道我这玩笑开得并不成功，但是，要知道，不能把一切都当成玩笑看待。我也许是不得已才开这玩笑的。诸位，有些问题在折磨我；请为我释疑。比如说，你们想让人改掉老习惯，想改变他的意志，使之符合科学的要求和清醒的看法。但是你们怎么知道，人不仅可以改造而且**必须**这样来改造呢？你们根据什么得出结论，人的愿望**务必**这样来纠正呢？一句话，你们凭什么知道，这样纠正果真能给人带来好处呢？干脆说全了吧，你们为什么这么**有把握**，如果不与真正的、正常的利益（这利益是有保证的，因为得到了理智和算术的证明）背道而驰，真的会对人永远有利吗？有没有一个适用于全人类的普遍规律呢？要知道，这暂时还只是你们的一个假设。就算这是逻辑定律吧，但是也许根本就不是人类的逻辑定律。诸位，你们也许以为我是疯子？请允许我预先申明。我同意：人是动物，主要是有创造性的动物，注定要自觉地追求目标和从事工程艺术的动物，也就是说，要不断给自己开辟道路。**不管这道路通向何方**。但是他之所以有时候想脱离正道走到斜路上去，正是因为他注定要去开路，大概还因为不动脑子的实干家不管有多笨，但有时候他还是会想到，原来，路几乎总是要**通到什么地方去**的，但是主要的总是不在于它通到哪儿，而在于这路总是要往前走的，希望那些品行优良的孩子，尽管他们轻视工程艺术，还不至于沉溺于害人的游手好闲，而游手好闲，大家知道，是万恶之源。人爱创造也爱开路，这无可争议。

但是他为什么又非常爱破坏和爱制造混乱呢？这事我倒要请教诸位！不过关于这事我自己倒有两句话想单独谈谈。他之所以这样喜欢破坏和制造混乱（他有时候还非常喜欢，这无可争议，因为事实就是如此），说不定，该不是因为他下意识地害怕达到目的，害怕建成正在建造的大厦吧？你们怎么知道，也许，他之喜欢他所建造的大厦，只是从远处看着喜欢，而绝不是在近处喜欢；也许，他只是喜欢建造大厦，而不喜欢住在里面，宁可以后把它让给 aux animaux domestiques① 住，比如蚂蚁呀，绵羊呀，等等，等等。但是蚂蚁的口味完全不同。它们有一种大致相同的绝妙大厦，永远毁坏不了的大厦——蚂蚁窝。

十分可敬的蚂蚁从蚂蚁窝开始，大概也以蚂蚁窝告终，这给它们的孜孜不倦和吃苦耐劳带来很大的荣誉。但是人却是个朝三暮四和很不体面的动物，也许就像下象棋的人一样，只爱达到目的的过程，而不爱目的本身。而且，谁知道呢（谁也保证不了），也

① 法语：家庭动物。

许人类活在世上追求的整个目的，仅仅在于达到目的这个不间断的过程，换句话说——仅仅在于生活本身，而不在于目的本身，而这目的本身，不用说，无非就是二二得四，就是说是个公式，可是，诸位要知道，二二得四已经不是生活，而是死亡的开始了。至少，不知怎的，人永远害怕这二二得四，而我直到现在还害怕。我们假定，人成天忙活的就是寻找这二二得四，为了寻找这二二得四，不惜漂洋过海，牺牲生命，可是，说真的，他又有点害怕找到，害怕真的找到它。因为他感到，一旦找到了，他就再也没有什么东西可找了。工人干完活以后起码能拿到钱，起码能去酒馆，然后进警察局——这就是他们一周要做的事。可是人能上哪儿去呢？起码每次在他达到诸如此类的目的的时候，他脸上总能看到一种尴尬。他喜欢达到目的的过程，但是真要达到了目的，他又不十分喜欢了，这当然非常可笑。总之，人的天性就是滑稽可笑的；在这一切当中显然也就包含了某种滑稽的闹剧。但是二二得四——要知道，在我看来，简直是无赖。二二得四，一副自命不凡的样子，两手叉腰，当街一站，向你啐唾沫。我同意二二得四是非常好的东西；但是既然什么都要歌功颂德，那二二得五——有时候岂不更加妙不可言吗。

你们为什么这么坚定，这么郑重其事地相信，只有正常和积极的东西——总之，只有幸福才对人有利呢？对于什么有利什么不利，理智不会弄错吗？要知道，也许，人喜欢的不仅是幸福呢？也许，受苦和幸福对他同样有利呢？有时候一个人会非常喜欢苦难，喜欢极了，而且这是事实。这事用不着到世界通史中查证；问你们自己就行了，只要你们是人，而且多少活过一把年纪就成。至于问我个人的意见，那我认为，一个人如果只喜欢幸福，甚至有点不成体统似的。不管这样做是好是坏，反正有时候毁坏某种东西也会感到很愉快。要知道，说实在的，我在这里并非主张苦难，但我也不主张幸福。我主张的是……随心所欲，而且主张，当我需要随心所欲时，我随时都有随心所欲的保障。比方说，在轻松喜剧里就不允许有苦难，这我知道。在水晶宫里，它更是不可思议：苦难，这就是怀疑，这就是否定，也可以怀疑水晶宫，还算什么水晶宫呢？然而我还是深信，一个人绝不会拒绝真正的苦难，即绝不会拒绝破坏和混乱。痛苦——要知道，这是产生意识的唯一原因。起初我虽然说过，在我看来，意识乃是人的最大不幸，但是我也知道，人喜欢意识，绝不会用它来交换任何满足。比方说，意识比二二得四高明得多。在二二得四之后，当然什么也做不成了，不仅无所作为，甚至也不需要去了解什么了，那时候能够做的一切，就是堵住自己的五官，沉浸于内省之中。嗯，可是在进行意识活动时，虽然会产生同样的结果，即也同样无所作为，但起码有时候可以把自己揍一顿，这毕竟可以使人活跃些。这是倒行逆施，但毕竟比什么也不做强。

10

　　你们相信用水晶建造的、永远毁坏不了的大厦，也就是说你们相信既不能向它偷偷吐舌头，也不能把拳头藏在口袋里向它做轻蔑手势的大厦。嗯，可是我也许正因为这点才害怕这座大厦，因为它是用水晶建造而且永远毁坏不了，再就是甚至都不能对它偷偷吐舌头。

　　你们瞧：如果不是宫殿，而是个鸡窝，又下起了雨，为了不致把自己淋湿，我也许会钻进鸡窝，但是我终究不会因为鸡窝能替我遮风挡雨，出于感激，我就把鸡窝当成了宫殿。你们在笑，你们甚至会说，在这种情况下，鸡窝与巍峨的宫殿——毫无二致。"是的，"我回答，"如果活着仅仅为了不致让雨淋湿的话。"

但是，那有什么办法呢，如果我认准了，不是仅仅为了这个才活着，如果活着，就得住在富丽堂皇的高楼大厦里。这是我的愿望，这是我的心愿。只有你们改变我的心愿之后，你们才能把它从我的心里剜出去。好，你们改变吧，你们用另一种东西使我感到神往，给予我另一种理想吧。可眼下我绝不会把鸡窝当成宫殿。哪怕甚至是这样，这座水晶大厦不过是空中楼阁，根据自然规律它根本不可能存在，我所以把它虚构出来，仅仅因为我自己愚蠢，以及我们这代人的某些古老的、不合情理的习惯。但是，就算它根本不可能存在吧，这跟我又有什么关系呢。即使它只存在于我的愿望中，或者说得更恰当些，只要我的愿望存在，它就存在——这还不都一样吗？也许你们又笑了？

你们尽管笑吧；我可以接受人们的一切嘲笑，反正我感到饿的时候，我绝不会说我饱了；因为我毕竟知道，只要我感到腹中空空，饿劲一阵阵上来，我是绝不会妥协，绝不会善罢甘休的，因为根据自然规律它存在着，**的确**存在着。我绝不会认为有一座大楼，里面有供贫苦居民居住的一个个房间，根据协议可以住一千年，而且为了以防万一，还有牙医瓦根海姆在挂牌行医——我绝不会认为这就是我的最高愿望。把我的愿望消灭掉，把我的理想一扫光，看到你们有更好的东西，我就跟你们走。你们大概会说，不值得同您这样的人打交道；既然这样，我也可以用同样的话回敬你们。我们在严肃地谈问题，既然你们不愿意对我惠予关注，我也不会低三下四地求你们。我有地下室。

只要我还活着和有自己的愿望——倘若我给这样的大厦添一小块砖①，那就让我的手烂掉！你们别以为，我方才否定水晶宫仅仅因为不能向它吐舌头，逗它要它。我之所以说这话也完全不是因为我就那么爱吐舌

---

① 影射法国空想社会主义者傅立叶的弟子孔西德朗（1808—1893）经常说的话："我要为未来社会的大厦添砖加瓦。"

头。也许，我之所以生气，仅仅是因为可以对它不吐舌头的这样的大厦，在你们的所有大厦中，至今都找不出来。相反，出于感谢，我情愿让人把我的舌头完全剁掉，只要它们能够做到使我自己再也不愿意吐舌头，永远也不想吐舌头就成。至于说这办不到，有房子住就该知足了，这跟我有什么关系。为什么我天生会有这样的愿望呢？难道我生下来就只是为了得出结论，我的整个天性只是一个骗局吗？难道人生的全部目的就在于此吗？我不信。

可是，你们要知道：我坚信，对我们这种地下室人必须套上笼头。他虽然能够在地下室里一言不发地一住就是四十年，可是他一旦重见天日，挣脱了牢笼，他就会说呀，说呀，说个没完……

11

　　最后，诸位：最好什么事也不做！最好是自觉的惰性！总之，地下室万岁！我虽然说过，我非常嫉妒正常人，不过我看见他现在所处的状况，我倒不想成为他这样的人了（虽然我还是嫉妒他。不，不，无论如何地下室更好！）在地下室起码可以……唉！要知道，我现在说的话是违心的！因为我自己也像二二得四一样知道得很清楚，根本不是地下室好，而是别的什么东西，完全不同的东西，我渴望得到而又无论如何得不到的东西更好！让地下室见鬼去吧！

甚至，最好是这样：这就是，如果我自己能够多少相信一些我现在所写的东西就好了。诸位，我敢向你们起誓，在我刚才写的东西中，我连一句话也不信，连一小句也不信！也就是说，我信倒是信的，不过与此同时，又不知道为什么，我总感到和怀疑——我像鞋匠一样在撒谎①。

　　"那您为什么要写这些呢？"你们问我。

　　"比如说，我把您关在地下室里，一关就是四十年，什么也不让您做，四十年后我又来看您，到地下室来拜访您，看您变成什么样了？难道能让一个人留下来什么事也不做吗？"

　　"这并不可耻，也不屈尊嘛！"你们也许会轻蔑地摇摇头，对我说道。"您渴望生活，于是您自己就用混乱的逻辑来解决生活中遇到的问题。您的乖常的举动是多么令人生厌和多么放肆，同时您又是多么害怕啊！您信口开河，胡说八道，还感到十分得意，您说了一些十分放肆的话，而自己又不断为这些放肆的话

---

①　俄文习惯语。意为胡说八道，破绽百出。

感到害怕，请求原谅。您硬说您什么也不怕，与此同时，又对我们的意见奉迎巴结。您硬说您恨得咬牙切齿，与此同时，又说些俏皮话想逗我们开心。您自己也知道您的俏皮话并不俏皮，但是您却显然对此很得意，自以为妙语连珠，字字珠玑。您也许的确受过苦难，可是您却丝毫也不尊重自己的苦难。您说的话确有几分道理，可是您动机不纯；您出于一种最渺小的虚荣心把您本来有道理的话拿来炫耀，拿来自取其辱，拿来做交易……您的确有话要说，但是您出于害怕又把您最后要说的话藏着掖着，因为您没有勇气把它说出来，而只是一味地无耻纠缠而又胆小如鼠。您以意识自夸，但是您只会动摇不定，因为您虽然不停地动脑子，但是您的心却诲淫诲盗，是闭塞的，而没有一颗纯洁的心——也就不会有完全的、正确的意识。您多么会唠唠叨叨，令人生厌，多么会烦人，多么会装腔作势啊！谎言，谎言，全是谎言！"

　　当然，你们的所有这些话，都是我现在编出来的。

这也来自地下室。我已经在那里连续四十年贴在门缝上偷听你们的这些话了。这些话是我自己想出来的，要知道，也只有这能够想得出来。因此它被背得滚瓜烂熟，而且说起来头头是道……也就不足为怪了。

但是难道，难道你们就当真就这么轻信，以为似乎真要把这些印出来，还要让你们阅读吗？瞧，我还有一个任务：说真的，我干吗要称你们"诸位"，干吗我跟你们说话，似乎当真把你们当做我的读者了呢？我打算开讲的这篇自白，人家是不会印出来，也绝不会拿去给别人看的。起码，我还没有这么果断，也不认为非这样胆大妄为不可。但是你们知道吗：我脑子里出现了一个幻想，而且我无论如何想把它实现。就是这么回事。

在任何人的回忆录中总有这样一些东西，除了自己的朋友外，他不愿意向所有的人公开。还有这样一些东西，他对朋友也不愿意公开，除非对他自己，而且还要保密。但是最后还有这样一些东西，这人连对他自己也害怕公开，可是这样的东西，任何一个正派人都积蓄着很多很多。就是说，甚至有这样的情况：这人越是正派，这样的东西就越多。起码我自己才在不久前下定决心回忆我过去的一些艳遇，而在这以前我对这些事一直是绕着走的，甚至心里还带着某种不安。至于现在，我不仅回忆了，甚至还决定把它们写出来，现在我硬是要考验一下自己：能不能够哪怕对自己做到完全公开，不害怕披露全部真相？我想顺便指出：海涅断言，实事求是的自传几乎是不可能的，一个人关于他自己肯定会说许多假话。在他看来，比方说，卢梭在他的《忏悔录》中肯定对自己说了许多假话，而且甚至于蓄意这样做，出于虚荣①。我确信海涅的话是对的；我非常清楚，有时候，一个人纯粹出于虚荣会编出一整套罪行来自己诽谤自己，我甚至很清楚，这虚荣属于哪一类。但是海涅谈的是一个面向读者忏悔的人。而我把这写出来纯粹是为了我自己，并且我要铁板钉钉地申明，如果我把这写出来似乎是

① 海涅曾在他于法国出版的《论德国》一书的第二卷，在《自白》（1853—1854）中写道："做自我鉴定，不仅不方便，而且简直不可能……尽管你非常想说真话，可是关于自己没有一个人能够做到说真话。"在该书中，海涅还断言，卢梭在自己的《忏悔录》中"做的是虚假的自白，其目的就是想利用它来掩盖真实的所作所为"，或者是出于虚荣。

95

写给读者看的，那也仅仅是为了行文方便，因为我这样写要容易些。这不过是形式，一个空洞的形式，因为我是永远不会有读者的。我已经申明过这点了……

在我这部《手记》的措词上，我不想受任何约束。条理和体系一概不要。想到什么就写什么。

比方说：有人会挑剔我刚才说的话，并且问我：如果你的确不指望有读者，那您现在又干吗（而且还写在纸上）自我约定，说什么条理和体系您一概不要，想到什么就写什么，等等，等等呢？您干吗要这样解释？干吗要表示歉意呢？

"可不是怪事吗。"我回答。

不过，在这里有一整套心理学。也许因为我不过是个胆小鬼。也可能因为我写这部《手记》的时候故意想象我面对的是广大读者，以便说话规矩些，彬彬有礼些。可能有上千个原因。

但是还有个问题：为了什么，到底干吗我要写这部《手记》呢？如果不是为了给读者看，不是也可以这样：在脑子里想想，把一切都想起来，而不形诸笔墨吗？

诸位所言极是；但是把它形诸笔墨似乎显得庄重些。这样做似乎有某种鞭策作用，可以较多地进行自我检讨，行文也可能更精练些。此外，我把这些写出来心里也许会好受些。比如今天我回想起一件事就使我感到特别压抑。还在前几天我就清清楚楚地想起了它，从那时起它就留在我的脑海，就像一个令人苦恼的音乐旋律，挥之不去。然而却必须驱散它。我有数以百计的这样的回忆；但有时常常会有一件事特别突出，使我感到压抑。我不知为什么相信，如果我把它写下来，它就不会再缠住我不放了。为什么不试试呢？

最后，我觉得很无聊，我经常什么事也不做。写写《手记》也的确似乎在工作。有人说，人有工作做就会变得善良而诚实。好吧，这至少也是个机会。

今天在下雪，几乎是湿雪，又黄又浑浊，昨天也下，这几天都下。我觉得，正是因为这雨雪霏霏，我才浮想联翩，想起我现在挥之不去的那件意外的故事。总之，就把这故事叫作《雨雪霏霏》吧。

貳

雨雪霏霏

当我用热情的规劝

从迷误的黑暗中

救出一个堕落的灵魂，

你满怀着深沉的痛苦，

痛心疾首地咒骂

那缠绕着你的秽行；

当你用回忆来惩戒

自己那健忘的良心，

你把遇到我以前的

一切事情都讲给我听；

你忽然用双手掩面，

羞愧难当，惊骇万分，

结果是痛哭了一场，

你又激动又愤恨……

等等，等等，等等。①

——引自涅克拉索夫的诗

① 译文引自魏荒弩译《涅克拉索夫文集》第一卷第125页（译文出版社1992年版）。

1

　　那时我总共才二十四岁。那时我的生活就落落寡欢，杂乱无章，孤寂得近乎孤僻。我跟谁也不交往，甚至避免同任何人说话，越来越龟缩进自己的栖身之所，在办公室上班，我甚至极力不看任何人，而且，我非常清楚地注意到，我的同僚不仅认为我是个怪人，而且（我一直感觉是这样）看着我都似乎觉得恶心。我常常寻思：除了我以外，为什么没有一个人感到别人对他觉得恶心呢？我们办公室有一位职员，不仅相貌丑陋，满脸麻子，甚至还好像有一副强盗相。如果我长着这么一副尊容，我肯定不敢抬起头来看任何人的。还有个人穿的制服破烂不堪，在他身边都闻到一股臭味。然而这两位先生中竟没有一人感到羞赧——既不因他们的破烂衣衫而无地自容，也不因他们的其貌不扬以及在人品上的某些缺陷而羞于见人。他们中无论哪一位连想也不曾想过，别人看到他们会觉得恶心；即使想到，他们也满不在乎，只要不是上司这么看他们就好。现在我已经完全清楚，由于我的无限虚荣心，因而对自己的要求十分严格，所以我对自己经常十分不满，以至达到厌恶的程度，因此，内心里也就把自己的这一看法强加于每个人。比如，我恨透了自己的这张脸，认为我面目可憎，我甚至怀疑在我的这副尊容上有某种下流无耻的表情，因此我每次去上班，都痛苦地极力装出一副独立不羁的样子，以免别人怀疑我下流无耻，而脸上则表现出尽可能多的高贵。"就算其貌不扬吧，"我想，"但是要让它显得高贵，富于表情，主要是要**非常**聪明。"但是我清楚而又痛苦地知道，所有这些优良品质我这张脸是从来表现不出来的。但是最可怕的是我发现这张脸其蠢无比。但是只要它能显得聪明些，我也就完全知足了。甚至这样，即使脸上的表情无耻下流，我同意，只要别人认为我这张脸同时又非常聪明就成。

不用说，我恨透了我们办公室的所有的人，从头一个到最后一个，而且所有的人我全瞧不起，可是与此同时我又似乎怕他们。常常，我甚至会忽然把他们看得比自己高。那时候不知为什么会忽然变成这样：一会儿蔑视他们，一会儿又把他们看得比自己高。一个思想发达的正派人，如果没有对自己的无限严格的要求，不是有时候蔑视自己达到憎恶的程度，那这个人就不可能有虚荣心。但是，无论蔑视也罢，把别人看得比自己高也罢，我几乎在遇到的每个人面前都低下了眼睛。我甚至做过这样的试验：我能不能经受住哪怕某某人看自己的目光，结果总是我头一个低下眼睛。这使我感到痛苦，痛苦得都要发疯了。我生怕被人耻笑，而且怕到了病态的程度，因此有关外表的一切，我都奴隶般地墨守成规；热衷于随大流，打心眼里害怕奇装异服，害怕有什么异乎常态的地方。但是我哪能坚持到底呢？我是一个病态地思想发达的人，一如当代人应该思想发达的情形一样。可是他们大家却十分愚钝，就像羊群中的羊一样彼此相像。也许，整个办公室里只有我一个人总觉得自己是懦夫和奴才；而我之所以觉得这样，就因为我思想发达。但不仅觉得，而且事实上也的确如此：我是个懦夫和奴才。我说这话丝毫也不觉得羞耻。当代任何一个正派人都是而且应该是一个懦夫和奴才。这才是他的常态。我对此深信不疑。他就是这么被制造出来，也是这么被安排好了的。而且不仅在当代，由于某种偶然的环境使然，而且在任何时代，一个正派人都必定是个懦夫和奴才。这是人世间一切正派人的自然规律。如果他们中有什么人斗胆地干了什么事，那，但愿他不要以此自慰，也不要以此而沾沾自喜：遇到另一件事他肯定会心虚胆怯。唯一而永久的结局就是这样。敢于耀武扬威的只有蠢驴和它们的杂种，然而，就是它们也有一定限度。对它们不值得理睬，因为它们说明不了任何问题。

当时使我感到痛苦的还有个情况：具体说，就是没有一个人像我，我也不像任何人。"我只是一，而他们是**全体**。"我想，接着就陷入沉思。

由此可见，当时我还完全是个毛孩子。

也常出现相反的情况：要知道，我有时候很讨厌到办公室去上班，以致发展到我多次下班回家时都像大病了一场。但是我的情绪又会忽然无缘无故地出现一阵怀疑和冷漠（我的情绪总是一阵阵的），于是我自己也嘲笑自己的偏执和吹毛求疵，自己也责备自己犯了**浪漫主义**①。要不是不愿跟任何人说话，要不就是发展到这样的地步，不仅开怀畅谈，甚至还想同他们交朋友。所有的吹毛求疵又忽然一下子无缘无故地消失了。谁知道，也许我从来就不曾对别人吹毛求疵过，

① 指耽于幻想和脱离实际。

111

它是佯装的，从书本里学来的？这个问题我至今没有解决。有一回我甚至同他们完全成了好朋友，还上他们家拜访，打牌，喝酒，谈论职务升迁……但是在这里请允许我说两句题外话。

一般说，在我们俄国人中，从来没有那种愚蠢的超然物外的外国浪漫主义者，尤其是法国浪漫主义者，任何事对他们都不起作用，哪怕天崩地裂，哪怕全法国的人都在街垒战中牺牲——他们仍旧岿然不动，甚至为了做做样子都不肯改变一下，依然高唱他们超凡入圣的歌，可以说吧，一直唱到他们进棺材，因为他们是傻瓜。可是在我们俄罗斯就没有傻瓜；这很自然；因此我们才不同于其他国家。因此，那种纯粹超然物外的人在我国是没有的。这都是当时我们那些"值得赞许"的政论家和批评家们把柯斯坦若格洛①和彼得·伊万诺维奇大叔之类②的人傻呵呵地都当成了我们的理想，到处寻找它们，硬认为我国的浪漫主义者也是这样，认为他们同德国或者法国的浪漫主义者

---

① 　果戈理《死灵魂》第二卷中的人物，地主，精明能干而又善于理财的庄园主。

② 　即彼得·阿杜耶夫，源出冈察洛夫的小说《平凡的故事》(1847)，系清醒的头脑和精明能干的化身。

一样，同样是超然物外的人。相反，我国浪漫主义者的特点，完全与欧洲超然物外者的不同，甚至截然相反，任何一种欧洲标准都不适用于我国（请允许我使用"浪漫主义者"这个词——这是一个古老的词，可敬而又可圈可点，又为大家所熟知）。我国浪漫主义者的特点是什么都懂，**什么都看见，而且常常看得远比我国最有头脑的人都清楚**；对任何人和对任何事都不能容忍，但与此同时又毫不挑剔；什么都绕着走，都退让，对所有的人都礼貌得体；从来不放过有利可图而又实惠的目的（比如分配公房呀，发放抚恤金呀，晋升军衔呀，等等）——他是通过热情洋溢的诗篇和一册又一册的抒情诗集来逐渐看到这一目的的，与此同时他又在自己心中坚定不移地保持着"美与崇高"，就像用棉花细心包裹着什么珍珠宝贝似的顺便保护好自己，哪怕是，比如说，哪怕是为了他心中的"美与崇高"吧。我国的浪漫主义者是个能屈能伸的人，同时又是我国所有滑头中最滑的滑头，这甚至凭经验，我都敢向诸位保证……当然，这一切有个条件，就是这浪漫主义者应当很聪明。话又说回来，我这是什么话呀！浪漫主义者从来都是聪明的，我只想说，虽然在我国也有一些浪漫主义者是傻瓜，但是，这是不能算数的。而且这也仅仅因为他们还在年富力强的时候就彻头彻尾地变成了德国人，同时为了更好地保护自己的珍珠宝贝，已经搬到国外去住了，而且多半住在魏玛或者黑森林①。比如说，我打心眼里瞧不起我现在做的这份差事，我之所以没有唾弃它仅仅是因为不得已，因为我自己在那里当差，而且食人俸禄。结果呢——请注意，我终究没有唾弃它。我国的浪漫主义者宁可发疯（不过，这很少发生），也绝不会贸然地唾弃什么，假如他没有考虑好其他职业的话，除非他疯得太厉害了，人家才会把他当做"西班牙国王"送进疯人院②，否则人家是绝不会让他滚蛋的。但是，要知道，在我国发疯的都是那些孱弱多病和乳臭未干的人。至于数不清的浪漫主义者——后来都做了高官。真是些左右逢源，

① 均为德国地名。
② 典出果戈理的《狂人日记》（1835），波普利欣发了疯，自以为是西班牙国王。

八面玲珑的人！能周旋于许多极端矛盾的感觉中，这需要有多大能耐呀！我那时候就以此自慰，而且这想法至今不变。因此我国才会出现这么多"能屈能伸的人"，他们甚至在最抑郁不得志的时候也从来不会失去自己的理想；尽管实现自己的理想，他们连手指头也不肯动一下，尽管他们是臭名昭著的强盗和贼，可是仍旧极其尊重自己早年的理想，而且出于一片至诚。是啊，您哪，不过在我国最臭名昭著的混蛋也可能心地高尚，十分真诚，与此同时又丝毫不妨碍他依然是个混蛋。我再说一遍，有时候从我国的浪漫主义者中常常会出现这样一些能干的骗子手（我喜欢用"骗子手"这个词），他们会突然表现出对现实十分敏感，而且通晓实际情况，以致使惊愕的上司和广大公众目瞪口呆，为之咋舌。

他们这种左右逢源，八面玲珑的本领的确是惊人的，只有上帝知道这种本领以后会变成什么和训练成什么，以及在我们以后它会给我们带来什么。这玩意儿还真不赖！我这样说绝不是出于一种可笑的爱国主义或者克瓦斯爱国主义①。不过我相信，你们一定又以为我在说笑话了。谁知道，也许恰好相反，也就是说，你们相信我真的就是这么想的。不管怎么说吧，诸位，你们的两种看法我都认为是对我的赞扬，并感到不胜愉快。请诸位原谅我的这一题外话。

不用说，我跟我的同僚们的这一友谊没能维持多久，很快我就跟他们吵翻了，由于当时我还年轻，缺乏经验，甚至见了他们也不打招呼，倒像从此一刀两断了似的。不过这样的事在我总共才发生过一次。一般说，我从来都是一个人，天马行空，独来独往。

首先，我在家里多半是读书。我想用外来的感觉压制住我内心不断翻腾着的冲动。而这种外来的感觉对于我只有通过读书才能获得。读书虽然很起作用——它使我激动，使我快乐，也使我痛苦。但有时候又觉得无聊透了。真想活动活动，于是我突然陷入黑暗的、地下的、卑劣的——不是淫乱，而是寻花问柳，小打小闹。由于受到我长期病态的刺激的影响，我的情欲极旺，炽烈如火。一旦发作就跟发歇斯底里一样，痛哭流涕，还伴随着抽筋。除了读书以外，我无处可去——就是说，在我周围的事物中，没有任何东西值得我尊重和能够吸引我。此外，我心里充满苦恼；出现了歇斯底里般的渴望，渴望矛盾和对立，于是我就开始寻花问柳。要知道，我说了这么多话完全不是为了替自己辩护……不过话又说回来，不！我说错了！正是为了替我自己辩护。诸位，我写这话是立此存照，借以自励。我不想撒谎。我保证过。

我寻花问柳总是独来独往，夜里，偷偷地，又害怕，又觉得肮脏，又感到羞愧，这种羞耻感在这样的时刻还发展成为一种诅咒。即便在当时，我心里也已经有了一个地下室。我非常害怕，生怕被人看到，被人撞见，被人认出来。我常常出入于各种极其可疑的地方。

有一回，半夜，我走过一家小饭馆，从亮着灯的窗户里望进去，看见一帮先生正拿着台球杆在台球桌旁打架，还把一位先生扔出了窗户。换了别的时候，我会感到厌恶；可是当时我竟羡慕起了那位被扔出窗外的先生，而且羡慕到这样的程度，竟走进这家小饭馆的台球室，我想："我也去打它一架，说不定也会把我扔出窗外的。"

我并没有喝醉，但是你们叫我怎么办呢——要知道，有时候苦恼会使人难受得歇斯底里大发作！但是这回却无结果而终，原来我连跳窗都不会，因此我只好没打成架就走了。

一开始，在那里，我就被一名军官勒住了笼头。

我站在桌旁，由于不知情挡了人家的道，而那军官要走过去；他抓住我的双肩，一言不发，既不打招呼，也不做任何解释，就把我从我站着的地方挪到了另一个地方，然后就目中无人地扬长而去。甚至他揍我一顿，我都可以原谅，但是我怎么也不能原谅他竟目中无人地把我从一个地方挪到了另一个地方。

鬼才知道我愿意出多少钱，如果能当真地、比较正规地、比较体面地（可以说吧）、**合乎规范**地吵一架的话！这家伙对我就像对付一只苍蝇一样。这军官足有两俄尺十俄寸高[①]，而我又瘦又小。然而，吵不吵架全在我：只要我提出抗议，当然，就会把我扔出窗外。但是我改了主意，宁可……愤愤然溜之大吉。

我尴尬而又惶惶不安地走出了这家小饭馆，直接回家了，而第二天则继续拈花惹草，不过较之过去更加畏首畏尾，更加落落寡欢，好像在噙着眼泪这样做似的——可是我毕竟在继续寻花问柳。不过，你们别以为我由于胆小才怕这军官：我骨子里从来不是胆小鬼，虽然事实上我不断地畏首畏尾，前怕狼后怕虎，但是请诸位不要见笑，我自有说法；我对什么都有说法，请放心。

噢，如果这军官肯出去决斗就好啦！但是不然，他属于这样一类先生（呜呼！这类先生早已绝迹了），他们宁可用台球杆大打出手，或者像果戈理笔下的皮

①　约合186厘米。

罗戈夫中尉一样——向上级告状①。但是却不肯出去决斗，至于同我们这些耍笔杆的文官决斗，他们认为简直有失体面——总的说来，他们认为决斗乃是某种不可思议的、自由思想的、法国式的行为，可他们自己却常常仗势欺人，尤其是那些人高马大的主儿。

我这时的胆怯并不是因为胆小，而是出于无边的虚荣。我并不是怕他人高马大，也不是怕他会狠狠地揍我一顿，把我扔出窗外；肉体上的勇敢，说真的，我还是有的；但却少了点精神上的勇敢。我怕的是，万一我提出抗议，并且斯斯文文地同他们理论，所有在场的人，从那个在一旁记分的无赖起，直到那个散发着臭气，满脸长着粉刺，在一旁讨好献媚，衣领像从油锅里拖出来似的最低级的小官吏为止，都会感到莫名其妙，并且笑话我，因为若要谈论荣誉感，即不是谈论荣誉问题，而是谈论荣誉感（point d'honneur），迄今为止，除非用斯斯文文的标准语，否则是没法谈论的。用普通的大白话是没法谈荣誉感

---

① 典出果戈理的中篇小说《涅瓦大街》(1835)，皮罗戈夫中尉因偷香窃玉遭人毒打后，曾想向将军告状，又同时想"上书总参谋部"。

的。我敢肯定（尽管我浪漫主义十足，但毕竟有点现实感），他们肯定会笑掉大牙，而那个军官绝不会简简单单地（即不加侮辱地）揍我一顿了事，对我肯定会连踢带踹，拽着我绕台球桌团团转，除非后来他大发慈悲，把我扔出窗外了事。不用说，这桩不足挂齿的小事不可能就这样轻描淡写地了事。后来我常常在街上遇到这军官，他那样子很好记。只是不晓得他是否认得我。想必不认得；根据某些迹象，我可以断定。但是我，我——我却憎恶而又愤恨地看着他，就这样继续了……好多年，您哪！我这种憎恨甚至随着岁月而不断增强。我先是悄悄地开始打听这军官的情况。这很难，因为我跟谁也不认识。但是有一回我远远地跟在他后面，就像盯梢似的，在大街上，听到有人叫了一声他的名字，于是我才知道他姓什么。又有一回，我跟踪他一直跟到他家门口，并且花了十戈比向看门人打听到了他住哪，住几层，一个人单住，还是跟什么人同住，等等——总之，能够从看门人那里打听到的，我都打听到了。有一回，一大清早，虽然我从来不喜欢舞文弄墨，我突然想以暴露和讽刺的形式，用小说来描写一番这军官。我非常得意地写了这篇小说。我非但暴露，甚至诽谤；起先我把他的姓氏略作改动，让人家一眼就能看出，但是后来经过三思，又改了一下，寄给了《祖国纪事》[1]。但是那时候还不时兴暴露文学，所以我的小说没有登出来。这事我感到很恼火。有时简直恨得牙痒痒的，恨得喘不过气来。我终于下定决心要找我的对手决斗。我给他写了一封非常漂亮而又十分动人的信，恳求他向我道歉；如果他拒绝道歉，我就相当坚决地暗示要决斗。这封信写得十分优美动人，假如这军官多少懂得一点"美与崇高"，肯定会跑来找我，扑到我身上搂住我的脖子，以自己的友谊相许！如果能这样，那该多好啊！我们将会握手言欢！成为莫逆之交！他将用他显赫的地位保护我，我将用我的文化素养，嗯，还有……思想来提高他的精神境界，除此以外，还有许许多多事情可做！

[1]　1839年至1884年在彼得堡出版的进步杂志。俄国许多进步作家都曾为该杂志撰过稿，其中包括陀思妥耶夫斯基本人。

你们想想，他侮辱我之后已经过去了两年，我那封挑战信也很不像话地过时了，尽管我这封信写得十分巧妙，解释和掩盖了我蹉跎岁月，放马后炮的原因。但是，谢谢上帝（至今我仍在含泪感谢至高无上的神），我的这封信没有发出。每当我想起，如果我当真把这封信发出去了会闹出多大的事来，就不寒而栗。可突然……可突然我用最简单、最天才的方式报复了他！我突然产生了一个非常高明的想法。每逢节假日，有时候，我常常在三点多钟的时候到涅瓦大街溜达，在向阳的一面散步。也就是说，我不是去散步，而是去体验数不清的痛苦、屈辱和愤怒，但是我大概需要的就是这样。我像泥鳅一样用最丑陋的方式在行人中左躲右闪，不断地给人让路，一会儿是将军们，一会儿是近卫军和骠骑兵的军官们，一会儿又是太太小姐们；在这样的时刻，只要一想到我穿戴的寒酸，以及我左躲右闪的寒碜和鄙俗，我就感到我心中一阵阵绞痛和背上一阵阵发烧。一想到这些，一种极大的痛苦，一种连续不断的、令人无法忍受的屈辱感便会油然而生，而这想法又常常会变成一种连续不断的、直接的感觉，感到我在所有这些大人先生们面前不过是一只苍蝇，一只可恶而又卑劣的苍蝇——它的脑子比所有人都聪明，思想比所有人都发达，举止比所有人都高雅——这是不消说的，但是这苍蝇又要不断地给人让路，所有人都可以损害它，所有人都可以侮辱它。我干吗要自取其辱，自受其苦？我干吗要到涅瓦大街去呢？我不知道。但是一有可能，我就好像被什么东西**吸引**似的，往那儿跑。

当时我就已经开始体会到我已经在第一章中讲过的那种无穷的乐趣了。在发生军官的事情之后，就更加吸引我上那儿去：我遇到他最多的地方就是涅瓦大街，我站在一旁欣赏他。他也多半在节假日到那儿去。他遇到将军和官比他大的主儿虽然也得让路，在他们中间也得像泥鳅一样左躲右闪，但是遇到像我们这样的人，甚至比我辈地位稍高点的人，他就横冲直撞；

124

向他们直冲过去，仿佛他面前是一片空地，无论如何不肯让路。我瞧着他那副德行，真是恶向胆边生，但是……每次遇到他又只好愤愤然给他让路。我百思不得其解的是甚至在街上我也不能同他平等。"为什么你一定要先给他让路呢？"有时半夜两点醒来，我就像发作疯狂的歇斯底里似的，不依不饶地问自己。"为什么偏要你让路，而不是他让路呢？要知道，没有这样的法律，哪儿都没有这样的规定，不是吗？哪怕是一半一半，平等相待呢，就像通常有礼貌的人彼此相遇时那样：他让一半，你也让一半，你们互相礼让地走过去。"但是根本没有那回事，到头来还是我给他让路。可是突然有一个奇怪的想法袭上我的心头。我想："如果遇上他……就是不给他让路，那又怎样？存心不让路，哪怕必须把他推开：这又会怎样呢，啊？"这个大胆的想法，渐渐地控制住我，使我无法平静。我不断地幻想这事，我故意非常频繁地到涅瓦大街去，为的是更清楚地想个明白，我准备怎么做和什么时候做。

我处于一种狂喜状态。我越来越觉得这打算是可行的和能够办到的。"当然，不要狠狠地推他，"我想，我一高兴心里先就软了，"而是简简单单地不躲开，撞他一下，不过不要撞得很疼，而是擦肩而过，肩膀碰肩膀，恰到好处；他碰到我多少，我也碰到他多少。"我终于拿定了主意。但是准备工作却花了我很长时间。首先，在付诸行动的时候必须衣冠楚楚，必须关心一下自己的仪表。"要以防万一，比方说，有人围观（这里的公众可都是高雅的[①]：有伯爵夫人，有Д公爵，还有文学界的全体骚人墨客），必须穿得好一点；这足以显示并使我辈在上流人士的眼中直接处于某种彼此平等的地位。"我抱着这样的目的预支了一点薪俸，在丘尔金商店买了一副黑手套和一顶颇为像样的礼帽。我起先想买柠檬色的手套，但是我觉得黑手套更显得稳重，也更气派[②]。"颜色太刺眼，就显得这人太矫情了"，因此我没有买柠檬色的。至于一件上好的衬衫，用的是骨制的白色领扣和袖扣，这我早就准备好了；但是大

---

① 原文为суперфлю。源出法语superflu（多余的），可此处意为高雅，尽善尽美，系模拟果戈理《死魂灵》中诺兹德廖夫附庸风雅、牵强附会的错误用法。
② 原文为бонтоннее，源自法语bon ton（趣味高雅）。

衣却耽搁了我很长时间。我那件大衣本来很不坏，穿着也很暖和，领子是浣熊皮的，这就显得太奴才气了。一定要把这领子换掉，改成裁绒的，就像军官们那样。为此我几次跑到劝业场①，看来看去终于看中了一种价格便宜的德国裁绒。这种德国裁绒虽然很快就会穿坏，因而变得非常寒碜，但是起先，刚买来时，甚至显得很气派；而我，要知道，只需用一次足矣。我问了问价钱：还是贵了。经过慎重考虑，我决定先把我的浣熊皮领卖掉。但不足之数对于我还是非常大，我决定向我的股长安东·安东内奇·谢托奇金商借，他是个礼贤下士，但又是很严肃、办事很认真的人，他从不借钱给别人，但是，我刚上任时，我被一位确定我担任现职的某位要人向他作了特别推荐。我非常痛苦。向安东·安东内奇借钱，我感到既荒唐又可耻。两三天我都没有睡好觉，再说当时我一般也很少睡觉，我忽冷忽热；我心里似乎一阵阵迷糊，要不，心就忽然开始怦怦乱跳……安东·安东诺维奇先是感到奇怪，

① 彼得堡涅瓦大街上最大的百货商场，犹如北京的东安市场或天津的劝业场。

接着又皱了皱眉，然后经过慎重考虑，终于把钱借给了我，但是他让我写了张借条，凭条，两星期后，这笔借款可从我的薪俸中如数扣除。这样一来，终于万事齐备；一条漂亮的栽绒领登上了登不了大雅之堂的浣熊皮领的位置，于是我就开始慢慢地着手行动。不能上来就冒冒失失地干；这事必须面面俱到地做，做得很地道，必须慢慢来。但是，不瞒你们说，经过多次尝试后，我甚至开始绝望了：我们怎么也撞不到一起——就这么回事！难道我没有做好准备吗，难道我没有这个打算吗——眼看着就要撞上了，一看——又是我主动给他让道，他则扬长而去，根本就没有看见我。快走到他身边时，我甚至念着祷告，求上帝保佑我，让我痛下决心。有一回，我已经完全下定了决心，但结果只是我趴倒在他脚下，因为在最后一刹那，只有这么两俄寸距离时，我陡地丧失了勇气。他十分泰然地冲我走了过去，而我则像皮球似的滚到了一边。这天夜里我又忽冷忽热地病了，还说胡话。可是蓦地一切却好得不能再好地结束了。头天夜里我已经拿定主意不再执行我那个要命的计划了，决定一切不了了之，我抱着这一目的最后一次上了涅瓦大街，只想随便看看——这一切我是怎么不了了之的呢？突然，在离我的仇人只有三步远的地方，我出乎意外地下定了决心，眯上眼睛，于是——我们俩肩碰肩地结结实实地撞了一下！我寸步不让，而且跟他完全平等地走了过去！他甚至都没有回头看一下，佯装毫无察觉；但他不过是佯装罢了，我坚信。而且我至今仍对此坚信不疑！当然，我吃亏大些；他比我强壮，但问题不在这儿。问题在于我达到了目的，保持了尊严，一步都不让，而且在大庭广众之中使自己处在与他完全平等的社会地位。我回到家来，感到大仇已报。我兴高采烈。我扬扬得意，唱着意大利咏叹调。不用说，我是不会向你们描写三天以后我所发生的那件事的；如果你们看过我写的第一章《地下室》，你们自己也猜得出来。那军官后来调到别处去了；现在我已经有十三四年没有见过他了。他，我的亲爱的，他现在怎么样呢？他又在横冲直撞地作践谁呢？

2

　　但是，在每次青楼觅宿之后，我就感到非常恶心。我很后悔，于是我就赶走这后悔：太让人恶心了。但是慢慢、慢慢地我也就对此习惯了。我对一切都会习惯起来，就是说，也谈不上习惯，而是有点自觉自愿地甘心同流合污。但是我有个解脱一切的办法，那就是（当然是在幻想中）遁入"一切美与崇高"之中。我龟缩进我那角落里想入非非，连续三个月不停地幻想，请诸位相信，在这样的时刻我就不像个心慌意乱、小肚鸡肠，给自己的大衣领缝上德国裁绒的先生了。我突然变成了英雄。即便那位人高马大的中尉想来拜访我，我也不接见。当时我甚至想象不出他的模样。当时我到底幻想了什么，我怎么会因此而感到满足——这事现在就很难说清了，但当时我却对此心满意足。不过，即便现在，我也会对此感到某种程度的满足。在青楼夜宿之后，我的幻想就变得尤为甜蜜和强烈，它与忏悔和眼泪，诅咒和狂喜一起来到我的心头。常有这样的时刻，我简直兴高采烈到极点，幸福极了，真的，甚至在我心中都感觉不出丝毫的嘲笑。有信，有望，有爱[1]。正是这样，当时我盲目地相信，一定会出现某种奇迹，一定会出现某种外来的情况，使这一切豁然开朗；会突然出现某种相应活动的广阔天地，而这活动是有益的、美好的，而主要是**完全现成的**（究竟怎样——我也说不清，但主要应当是完全现成的），于是我突然下凡，降临人间，就差没有骑白马和戴桂冠了。次要的角色我是不屑做的，正由于此我在现实中才甘居最末，而且处之泰然。要么做

---

① 　参见《新约·哥林多前书》第一三章第一三节："如今常存的有信，有望，有爱；这三样，其中最大的是爱。"

英雄，要么做狗熊，中庸之道是没有的。正是这点害了我，因为在当狗熊的时候我还可以聊以自慰，在其他时候我当过英雄，而英雄则可以用自己的身影挡住狗熊；据说，普通人变成狗熊是可耻的，而英雄因为太高大了，不可能完全变成狗熊，因此有时候变成狗熊也无所谓。有意思的是"一切美与崇高"向我涌来的时候，有时候也正是我夜宿青楼的时候，也正是我处在社会最底层的时候，它们就像零零星星的闪光一样不时出现，似乎在提醒人们它们的存在，然而它们并不是用自己的出现来扫荡这嫖娼与卖淫；相反却以二者的反差来使这嫖娼与卖淫显得更加有滋有味，而且出现得不多不少，恰到好处，形成一种好的调味汁。这调味汁是由矛盾、痛苦和痛苦的内心分析调制出来的，所有这些大大小小、形形色色的痛苦也就赋予我的寻花问柳以一种辛辣的味道，甚至意义——一句话，它们完全起到了好的调味作用。这一切甚至不无某种深度。再说，不这样我能同意去干这种简单的、下流的、直截了当的、引车卖浆之流才去干的宿妓嫖娼吗！我能把屎盆子往自己头上扣吗！再说在这种乌七八糟的事情中有什么能够吸引我，使我夜半外出呢？不，您哪，我对这一切自有高尚的解脱法……

　　然而，在我的所有这些幻想中，在这些"躲进一切美与崇高以求解脱"中，我倾注了多少爱，主啊，我倾注了多少爱啊！虽然这是一种幻想的爱，虽然这爱从来没有实际运用于任何一件与人有关的事情上，但是这爱还是很多很多，以致后来，在付诸行动的时候，倒觉得没有应用它的必要了：这简直成了多余的奢侈。然而，到头来，这一切又总是极其顺利地转变成艺术（懒洋洋地而又令人陶醉地转变成了艺术），即转变成存在的美的形式，而这些形式是完全现成的，是硬从诗人和小说家那里偷来的，并利用它们来为一切公用事业和要求服务。比如说，我战胜了所有的人；不用说，大家在被粉碎后才无奈地、自觉自愿地承认我的所有优良品德，而我则宽恕了他们大家。我成了著名的诗人和宫廷高级侍从，我恋爱了；我拥有数不清的财富，并立刻把这些财富捐献给人类①，又立即向我国人民忏悔自己受过的耻辱，当然，这不是一般的耻辱，而是在自身中包含有许许多多"美与崇高"，许许多多曼弗雷德精神②。大家都在哭泣和亲吻我（要不然，他们怎么是笨蛋呢），而我则光着脚、饿着肚子去宣传新思想③，并在奥斯特里茨大败顽固派④。接着是高奏凯歌，颁布大赦令，罗马教皇同意离开罗马去巴西⑤；接着在科摩湖畔的鲍尔格斯别墅为全意大利人举行舞会，因为科摩湖为了举行这次盛会特意搬到了

---

① "地下室人"的这一幻想后来发展成"少年"的"罗斯柴尔德"思想（罗斯柴尔德家族是银行世家，是西欧最大的财团）。"少年"也想积聚巨大的财富，拥有无边的威权，然后把自己的百万家财赠送给人民，为人民造福（参见《少年》第一部第五章第三节）。

② 指某种孤傲而又崇高的精神。曼弗雷德是拜伦同名诗剧中的主人公。该剧反映了"世界性悲哀"这一哲学观念。

③ 指空想社会主义。

④ 指1805年12月20日拿破仑一世在奥斯特里茨大败俄奥联军。这里暗指革命起义。

⑤ 指拿破仑一世与教皇庇护七世的冲突，结果是拿破仑一世于1809年被逐出教会，而教皇庇护七世则实际上成了法皇的囚徒，长达五年，直到1814年才返回罗马。

罗马①；接着是树丛中的插曲，等等——你们好像不知道似的？你们一定会说，我自己也承认，经过那么多的陶醉和眼泪之后，现在又把这一切拿到市场上兜售，岂不卑鄙和下流。为什么卑鄙呢，您哪？难道你们以为我对这一切感到羞耻吗，你们以为这一切肯定就比你们生活中的随便什么事情更愚蠢吗，诸位？再说，请你们相信，我的有些主意还是想得很不错的……并不是所有的事都发生在科摩湖呀。不过，你们说得也对；的确既卑鄙又下流。可是最下流的还是我现在居然在你们面前为自己辩护，而更下流的则是我现在还敢这么说。不过，够啦，要不然就永远没完啦，反正一个比一个更卑鄙……

在长达三个多月的时间里，我怎么也无法连续进行幻想，我开始感到一种遏制不住的需要，急切地想投身社会。急切地投身社会也就是我想去拜访我的股长安东·安东内奇·谢托奇金。他是我毕生唯一与之常来常往的人，对这个情况现在我自己也觉得奇

① 指1806年为庆祝法兰西帝国成立而举行的庆典，日期定在8月15日，即拿破仑一世的生日。鲍尔格斯别墅建于十八世纪上半叶，是有着喷泉和雕塑的美丽建筑，当时属拿破仑的妹夫米洛·鲍尔格斯所有。科摩湖坐落在阿尔卑斯山南麓，属意大利科摩省。此处的意大利指意大利人民的解放斗争。意大利在当时是革命的同义语。

怪。但是也只有在我心情特别好，我的幻想达到了这样幸福的境界，以至于我一定想而且立刻就想与人们拥抱，与全人类拥抱的时候；（而为了做到这点，就必须拥有一个人，一个真实存在的人）——除非在那时候，我才能去看他。但是要去看安东·安东内奇必须在星期二（他规定的日子）去，因此，必须永远把同全人类拥抱的需求赶在星期二之前使之达到高潮。这位安东·安东内奇住在五角地①，住在四层楼上，有四个小房间，房间矮矮的，而且一个比一个小，一副十分经济拮据和十分寒酸的样子。他有两个女儿和她们的一位姑妈，她负责给大家斟茶。两个女儿——一个十三岁，一个十四岁，两人都是翘鼻子，在她们面前我感到非常尴尬，因为她俩老窃窃私语和嘿嘿嘿笑。主人通常坐在书房里的一张皮沙发上，沙发前摆着一张小桌，跟一位白发苍苍的客人坐在一起，这人或是本部门的一名官员，或者甚至是外单位的一个什么人。除了两三位客人，而且总是同样的一些人以外，我从来

① 五角地在彼得堡，有三条街巷和一条出城的马路在此交汇。

没有见过其他人。他们在谈论消费税[①]，谈论枢密院的拍卖会，谈论薪俸，谈论职务升迁，谈论局长大人，谈论取悦上峰的手段，等等，等等。我耐着性子，像个傻瓜似的坐在这些人身旁，而且一坐就是三四个钟头，听他们说话，至于我自己，既不敢也不会与他们交谈，连一句话也插不上。我坐在那里发呆，每次都要出好几回汗，我处于一种麻痹状态，但是这很好而且很有益。回到家后，在若干时间内，我就不再想与全人类拥抱了。

话又说回来，我似乎还有个朋友，他叫西蒙诺夫，是我的中学同学[②]。我的中学同学在彼得堡大概很多，但是我从来不同他们来往，甚至在街上见到也不打招呼。说不定，我之所以要调到另一个部门去工作，为的就是不想同他们在一起，为了与我整个可憎的童年从此一刀两断。我诅咒这中学，诅咒这可怕的艰难岁月！总之，我一出学校就立刻与同学们分道扬镳。只有两三个人，我见了面还打声招呼。其中包括西蒙诺

① 这里可能指酒税。
② 当时，俄国实行的是十年制学校。低年级相当于小学，高年级相当于中学。

夫，他在我们学校毫无出色之处，为人稳重而又文静，但是我却很欣赏他的性格的某种独立性，甚至是正直无欺。我甚至不认为他的脑子很笨。从前我曾经跟他相当要好，但为时不长，不知怎么突然罩上了一层迷雾。他分明为这些回忆感到苦恼，似乎一直在担心我会回到从前对他的态度。我疑心他十分讨厌我，但我还是常常去看他，因为我还拿不准他是否真的讨厌我。

于是有一回，星期四，我受不了孤独，同时也知道，星期四安东·安东内奇家的门是关着的，因此就想起了西蒙诺夫。我爬上四楼找他的时候，正是想到这位先生讨厌我，我不应该去找他。但是因为事情到头来常常是这样：尽管考虑到了这些，可是好像跟我存心作对似的，偏偏变本加厉地促使我钻进这种暧昧境地，于是我就推门进去了。我在此以前最后一次见到西蒙诺夫已经过去了差不多一年了。

3

在他那儿，我还碰到我的另外两位老同学。他们大概在谈论一件很重要的事。对我的到来，他们中没有一个人注意，几乎毫不理会，这甚至有点奇怪，因为我跟他们已经多年不见。显然，他们把我看成了一只最普通的苍蝇。甚至在学校的时候，大家也没有这样鄙视我，虽然那时候大家都恨我。我当然明白，他们现在不把我放在眼里也是应该的，因为我仕途失意，因为我太不修边幅了，穷得邋邋遢遢，等等，等等，在他们眼里，我简直就是块没有能耐和地位低下的活招牌。但是我还没有料到他们会这么鄙视我。西蒙诺夫对我的到来甚至感到惊讶。这一切都使我很尴尬；我有点苦恼地坐了下来，开始听他们说什么。

这些先生正在认真地，甚至热烈地谈论他们想在明天举行的送别宴，他们想一起聚餐，给一位当军官的他们的同学兹韦尔科夫送行——他将远行，到外省去工作。兹韦尔科夫先生[①]也一直是我的中学同学。从高年级起我就特别恨他。在低年级的时候，他只是一个大家都喜欢的漂亮而又活泼的小男孩。然而还在低年级的时候我就恨他，我恨他就因为他是个既漂亮又活泼的小男孩。他的学习一直不好，而且越往后成绩越差；但是他却顺利地毕业了，因为他有靠山。他在我校上学的最后一年得了一笔遗产，有两百名农奴，因为我们大家都几乎很穷，他甚至在我们面前抖起来了。这是一个非常庸俗的人，但心肠还好，甚至在他因为有钱而神气活现的时候也一样。至于我们，虽然表面上摆出一副诚实而又高傲的样子，但却不切实际

① 　此处和以下，"先生"的原文均为мосье，源自法语monsieur。

而又空话连篇，除了不多几个人以外，所有的人都在向兹韦尔科夫献媚讨好，于是他就更加夸夸其谈，大吹法螺。我们之所以讨好他，倒不是因为想得到什么好处，而是因为他得天独厚，是个有福之人。而且不知怎么我们还习惯于认为兹韦尔科夫是个行家里手，为人机灵而又风度翩翩。最后这点使我尤为恼火。我恨他说起话来那种刺耳的、自以为是的声音，我恨他崇拜他自己说的俏皮话，其实他说的俏皮话非常蠢，虽然他口没遮拦，敢于乱说；我恨他那张虽然漂亮但却愚蠢的脸（不过，我倒很乐意用我这张**聪明**的脸同他交换），以及他那种四十年代军官们的无拘无束的举止。我恨他常常说他将怎样赢得女人的欢心（他不敢在他还没有取得军官的肩章之前，就开始同女人鬼混，因此他迫不及待地等着当军官），还说什么到时候他将动辄与人决斗。我记得，一向沉默寡言的我，突然跟兹韦尔科夫吵了起来，因为有一回在课余时间他跟同学胡侃，谈到他未来的风流韵事，谈到兴头上，竟像小狗在太阳下撒欢似的突然宣布，他将不放过他村子里的任何一个乡下小姐，还说这叫 droit de seigneur①，而庄稼汉们要是敢说半个不字，他就用鞭子狠狠地抽他们，并向所有这些大胡子混蛋多收一倍的租子。我们那些下流东西还向他鼓掌，我则跟他对骂，完全不是因为可怜那些姑娘和她们的父亲，而是简简单单地因为对这么一个不足挂齿的人居然有人使劲鼓掌。我当时骂赢了，但是兹韦尔科夫，人虽然笨，却性格开朗而又放肆，居然一笑了之，甚至，说实在的，我并没有完全战胜他：他赢得了笑声。后来他又好几次赢了我，但是并无恶意，而是笑嘻嘻地，开玩笑似的，不经意地赢了。我恶狠狠地、轻蔑地不理他。他毕业后曾主动接近我，我没有十分拒绝，因为这使我很得意，但是我们很快也就自然而然地分手了。后来我听说他当了中尉，在部队里很得意，还听说他经常**饮酒作乐**。后来又传来了其他风声——说他**官运亨通**。在街上，他已经不再跟我打招呼了，我疑心，他怕跟我

---

① 　法语：领主权，即初夜权。

这样一个小人物打招呼有失他的身份。有一次我还在剧院里见过他，他坐在第三层的包厢里，肩上已经佩着穗带了。他正围着一位老将军的几位千金弯腰曲背地大献殷勤。这两三年中他变得不修边幅，虽然仍一如既往地英俊潇洒而又伶俐乖巧；他不知怎么显得有点浮肿，开始发胖了；看得出来，三十岁以前他肯定会大腹便便，脑满肠肥的。我那帮同学就是想给这么一个终于要离开这里的兹韦尔科夫设宴送行。这三年来他们跟他一直有来往，虽然他们自己在私心深处并不认为自己能同他平起平坐，我对这点深信不疑。

西蒙诺夫的两位客人中有一位叫费尔菲奇金，是个俄籍德国人——小个儿，尖嘴猴腮，一个对谁都取笑的蠢材，从低年级起就是我不共戴天的敌人——卑鄙无耻而又大胆放肆，爱吹牛，自命不凡，而且非常爱面子，虽然，不用说，骨子里却是个十足的胆小鬼。他是兹韦尔科夫的崇拜者之一，这些崇拜者出于私心拼命巴结他，常常向他借钱。西蒙诺夫的另一位客人叫特鲁多柳博夫，是个不起眼的小伙子，是个军人，高个儿，老板着脸，为人相当老实，但是他敬佩任何成功，只会谈论提拔和升迁。他跟兹韦尔科夫似乎是什么远亲，这（说句蠢话）就赋予他在我们中间以某种地位。他从来不把我放在眼里；他对我的态度虽然不很礼貌，但还过得去。

"行啊，就每人出七个卢布吧，"特鲁多柳博夫说，"我们仨，总共二十一卢布——可以好好撮一顿了。兹韦尔科夫当然不必付钱。"

"既然是我们请他，那当然。"西蒙诺夫说。

"难道你们以为，"费尔菲奇金傲慢而又热烈地插嘴道，倒像一个厚颜无耻的奴才在吹嘘自己的主人——将军肩上有几颗星似的，"难道你们以为兹韦尔科夫就会让我们付钱吗？他会出于礼貌接受我们的邀请，可是他肯定会自掏腰包出**半打酒**的。"

"哎呀，我们四个人哪喝得了半打呀。"特鲁多柳博夫说，只注意半打酒。

"那就这么定了，三个人，加上兹韦尔科夫四个人，二十一卢布，在Hotel de Paris①，明天下午五点。"西蒙诺夫最后总结道，他被推举为主持人。

"怎么是二十一卢布呢？"我有点激动地说，看来，甚至都生气了，"如果算上我，那就不是二十一卢布，而是二十八卢布了。"

我原以为，我这么突如其来而又出乎意料地把自己计算在内，甚至做得很漂亮，他们大家一定会一下子被征服，对我刮目相看，肃然起敬。

"难道您也想参加？"西蒙诺夫不满地说，眼睛有点躲躲闪闪，不敢看我。他对我了如指掌。

因为他对我了如指掌，我一下子火了。

"为什么呢，您哪？我似乎也是同学吧，不瞒您说，你们绕开我，我甚至感到很生气。"我差点又激动起来。

"上哪找您呀？"费尔菲奇金粗声粗气地插嘴道。

"您一直跟兹韦尔科夫不和。"特鲁多柳博夫皱起

---

① 法语: 巴黎饭店。

眉头补充道。但是我抓住了这话不放。

"我认为谁也没有资格对这事说三道四。"我声音发抖地反驳道，倒像天知道出了什么大事似的。"说不定正因为过去不和，我现在才想参加。"

"哼，谁明白您想要干什么……居然有此雅量……"特鲁多柳博夫冷笑道。

"算上您也行啊，"西蒙诺夫对我说，"明天下午五点在 Hotel de Paris，别弄错了。"

"钱！"费尔菲奇金小声说，用头指着我，但是他的话刚到嘴边又咽了回去，因为甚至西蒙诺夫都感到不好意思了。

"行啦，"特鲁多柳博夫站起身来说道，"既然他很想参加，就让他参加吧。"

"要知道，我们只是朋友间自己聚聚。"费尔菲奇金发怒道，也拿起了帽子，"这不是正式聚会。也许，我们根本不想让您参加呢……"

他们走了；费尔菲奇金走的时候连招呼都没打，

特鲁多柳博夫倒是勉强点了点头，但是眼睛没看我。西蒙诺夫同我四目对视地留了下来，似乎又恼火又有点犹豫不决，异样地看了看我。他没有坐下，也没有请我坐。

"唔……是啊……那就明天吧。现在您能交钱吗？我不过是想心里有个数。"他不好意思地嘟囔道。

我一下子涨红了脸，但是在脸红的同时，我想起，在很早以前，我曾经欠西蒙诺夫十五个卢布，不过，这事我倒从来没忘，但也从来没有还给他。

"您也知道，西蒙诺夫，我到这儿来的时候并不知道……因此我很遗憾，忘带了……"

"好，好，无所谓。明天吃饭的时候交也行……我不过想知道……您，请便……"

他不再言语，开始更加懊恼地在屋里走来走去。他踱步时开始用脚跟着地，因此脚步声特响。

"我没有耽搁您的时间吧？"在沉默了两三分钟后，我问。

"噢不!"他猛地惊醒,"就是说,说真话——是的。您瞧,我还得去一个地方……就这儿,不远……"他用一种表示抱歉的声音,又有点不好意思地补充道。

"啊,我的上帝!您怎么不言——语——呢!"我叫道,抓起了帽子,不过摆出一副天知道从哪学来的十分随便的样子。

"要知道,这不远……就两步路……"西蒙诺夫重复道,把我送到前厅,摆出一副忙忙叨叨的样子,其实这样子跟他完全不相称。"那就明天下午五点整!"他冲楼梯向我叫道:我走了,他感到很满意。可是我却气疯了。

"真是鬼迷心窍,真是鬼迷心窍让我掺和到这件事情里去!"我漫步在大街上,咬牙切齿地想,"而且是给这么一个卑鄙小人,给这么一个下流坏兹韦尔科夫送行!当然,不应该去;当然,应当嗤之以鼻;我怎么啦,难道捆住了手脚?明天我就写封信去告诉西蒙诺夫……"

但是我之所以怒火中烧，正是因为我很清楚，我肯定会去的；而且故意要去；我去越是不策略，越是不成体统，我越要去。

甚至我不去还很有道理，因为根本就去不了：没有钱。我总共才有九卢布。但是明天还得从中拿出七卢布来付阿波罗这个月的工钱。阿波罗是我的用人，每月工钱是七卢布，自己管饭。

从阿波罗的脾气看，不付是不行的。但是关于这个混账东西，关于我这个祸害，以后有机会再说。

话又说回来，我知道，说到归齐，我是绝不会付给他工钱的，因此我一定要去。

这天夜里，我乱梦颠倒。这不足为奇：整个晚上我一直在回想我学校生活的那些艰难岁月，感到很压抑，可是却摆脱不开，挥之不去。我是被我的几名远亲硬送到这学校里去上学的，我信赖他们为生，而且关于他们究竟是怎样的人我至今一无所知 —— 当时，我孤苦伶仃，已被他们数落得呆头呆脑，成天闷闷不乐，一言不发，怪异地环视着周围的一切。同学们用恶意而又毫不留情的嘲笑迎接我，就因为我不像他们当中的任何人。但是我受不了他们的嘲笑；我不能那么不值钱地跟他们和睦相处，就像他们彼此都很合得来一样。我立刻开始恨他们，躲避他们，把自己封闭起来，保持着一种既胆小怕事，又似乎自尊心受到了损害那种无比的孤傲。他们的粗野使我愤怒。他们无耻地嘲笑我的脸，嘲笑我的粗笨的外貌；可是他们自己又是怎样一副蠢相啊！我们学校，人的脸部表情不知怎么特别容易变蠢和变样。有多少长得非常漂亮的孩子到我们学校里来上学。可是过不了几年，瞧着他们那样儿都叫人恶心。还在十六岁的时候我就心情抑郁地对他们感到奇怪；当时我就惊讶：他们的思想是那么猥琐，他们做的事，他们玩的游戏和他们说的话是那么无耻。他们连最普通最起码的事都不懂，对许多这么有意义，这么惊人的事都不感兴趣，因而我不由得认为他们比我低级。不是被损害的虚荣心唆使我这么想的，看在上帝分上，请你们不要用令人生厌的官腔来反驳我，说什么"我只会幻想，可他们当时却已经懂得什么是真正的生活了"。他们什么也不懂，什么是真正的生活也不懂，我敢起誓，他们最激怒我的正是这点。相反，他们用荒诞而又愚蠢的态度来对待最明显而又最刺目的现实，他们在当时就已经习惯了只知崇拜成功。所有正义的但却遭到凌辱和摧残的一切，都受到他们狠心而又无耻的嘲笑。把官衔的高低当做聪明的标志；才十六岁就已经在谈论肥缺和美差了。当然，这里有许多事是因为愚蠢，是因为在他们童年和少年时代屡见不鲜的坏榜样。他们首先败坏到了反常的程度。当然，这也多半从表面看是如此，多半是佯装的玩世不恭；不用说，即便在首先败坏的背后，他们身上也常常闪现出青春和某种生意盎然的东西，但是，即便在他们身上有生意盎然的东西，也并不招人喜欢，因为它表现为某种胡闹。我恨透了他们，虽然说不定我还不如他们。他们也以同样的态度回敬我，并不掩饰他们对我的厌恶。但是我已经不希望得到他们的爱了；相反，我经常渴望他们的凌辱。为了使自己不受他们的嘲笑，我开始故意尽可能学得好一些，并跻身于头几名之列，使他们对我刮目相看。再说他们大家也开始逐渐明白，我已经在阅读他们看不懂的书了，而且还懂得他们从来不曾听说过的东西（我们专业课所不包括的东西）。他们惊异而又嘲笑地看待这事，但是精神上却屈服了，何况连老师们也因此而注意到我。嘲笑中止了，但是却留下了不睦，形成了一种冷冰冰的紧张关系。最后我自己也受不了了：随着年龄的增长，逐渐感到有一种需要，需要与人交往，需要朋友。我曾经尝试过开始与某些人接近，但是这接近总显得不自然，到后来也就不了了之了。我曾经有过一个朋友。但是我骨子里是暴君；我想不受限制地主宰他的灵魂；我想让他蔑视他周围的环境；我要求他高傲地同这环境彻底决裂。我用我的狂热的友谊把他吓坏了。我把他弄得眼泪汪汪，浑身抽筋；

他是一个天真而又凡事顺从的人；当他完全听命于我时，我又立刻开始憎恨他，把他推开——好像我之需要他仅仅为了征服他；仅仅为了使他能够听命于我。但是我不可能征服所有的人；我的朋友也不像他们中的任何人，他只是一个最罕见的例外。我中学毕业后的头一件事，就是离开委派我担任的那个职务，以便斩断一切联系，诅咒过去，让过去化为乌有……只有鬼知道干吗在这之后我还要屁颠屁颠地去找那个西蒙诺夫！……

早晨，我早早地急忙起床，激动地跳下床来，倒像这一切马上就要开始实现了似的。但是我相信，我生命中的根本性转变今天即将到来。也许因为不习惯，但是我一生中，即便在任何表面的哪怕是最琐屑的事情发生之初，我总觉得，我生命中的某个根本性转变肯定会马上到来。然而我仍旧像往常一样去上班，但是提前两小时溜回了家，以便准备。我想，主要是我不能头一个到，要不然，他们会以为我高兴死了。但是这类主要的事有成千上万，所有这些事都使我激动万分，激动得筋疲力尽。我亲手把我的靴子又擦了一遍；阿波罗是无论如何不肯一天擦两次靴子的，认为没这规矩。我擦靴子时先从外屋把刷子偷进来，为的是不让他看见，以后看不起我。接着我又仔仔细细地检查了一遍我的衣服，发现一切都又旧又破。我这人也太不修边幅了。制服也许还凑合，但是总不能穿着制服去赴宴吧。而主要是穿的那条裤子，膝盖上有块很大的黄色污渍。我预感到，单是这块污渍就会把我的人格尊严降低十分之九。我也知道这样想很低级。"但是现在顾不上想不想啦；现在应当面对的是现实。"我想，心情十分沮丧。我也知道得很清楚，当时，我荒谬地过分夸大了这些事实，但是有什么办法呢：我控制不住自己，我浑身忽冷忽热，一阵阵哆嗦。我绝望地想象，这个"卑鄙小人"兹韦尔科夫一定会高傲而又冷淡地迎接我；那个蠢货特鲁多柳博夫一定会用蠢笨而又露骨的蔑视看着我；那个小爬虫费尔菲奇金为了讨好兹韦尔科夫一定会恶劣而又放肆地冲我嘻嘻窃笑；而西蒙诺夫肯定会把这一切都看在眼里，心里雪亮，他肯定会瞧不起我的低级的虚荣心和意志薄弱，而主要是——这一切是多么渺小，多么不登**大雅之堂**，多么庸俗啊。当然，最好根本不去。但是这又绝对办不到：如果什么事开始吸引我，我非整个人一头扎进去不可。如果不去，以后我将会一辈子嘲弄自己的："怎么啦，胆小了，害怕**现实**了，发怵了！"相反，我非常想向这帮"废物"证明，我根本不是我自己想象中的那种胆小鬼。不仅如此：在胆小畏缩这种寒热病发作得最厉害的时候，我还不由得时时幻想独占鳌头，战而胜之，吸引他们，促使他们喜欢我——哪怕"因为我思想的高雅和无疑的风趣"呢。他们将会撇下兹韦尔科夫，他将坐在一边，一言不发，满脸羞惭，而我将压倒兹韦尔科夫。然后，我说不定倒会同他言归于好，把酒言欢，**你我相称**，但是对于我最可气也最可恨的是，我当时就知道，而且知道得一清二楚，实际上，我什么也不需要，实际上，我根本就不想压倒他们，征服他们，把他们拉到自己这边来，即使我完全达到了目的，我自己也会头一个认为这样的结果一钱不值。噢，我一直在祈求上帝：让这一天快快过去吧！我在难以言说的苦闷中走到窗口，打开气窗，凝视着在纷纷扬扬飘落着湿雪的昏暗的天空……

终于我那破旧的挂钟哐哐作响地敲了五下。我抓起礼帽，努力不瞧阿波罗（他从一大早起就等着我给他开工钱，但是由于自尊心作祟，始终不肯头一个开口），从他身边溜出了房门，然后坐上一辆讲究的马车（这是我花半个卢布特意雇来的），神气活现地来到 Hotel de Paris。

4

　　我还在头一天就知道，我肯定会头一个到。但是问题并不在头一个不头一个。

　　他们不仅谁也没有来，而且，我甚至好不容易才找到我们定的那个包间。桌上还没完全摆好餐具。这到底是什么意思呢？我一再询问，才从侍应生那里打听到，宴会定在六点，而不是五点。柜台上也肯定了这点。我甚至都不好意思再问下去了。那时才五点二十五分。假如他们改了时间，无论如何也应该通知我一声呀；市邮局不就是干这个的吗，而不应该让我

"丢人现眼"，非但我自己感到受了羞辱……还在侍应生面前"掉了价"。我坐了下来；侍应生开始摆桌子；有侍应生在场，不知怎么更让人觉得可气。快六点的时候，除了点着的灯以外，包间里又拿来了几支蜡烛。然而，侍应生并没有想到，我来了就应该把蜡烛立刻拿来。隔壁房间里有两名顾客在吃饭，一人一桌，脸色阴沉，板着脸，一言不发。在远处的一个包间里声音十分嘈杂；甚至吵吵嚷嚷；可以听到一大帮人在哈哈大笑；还可以听到令人作呕的下流的尖叫声：有女人在一起吃饭。总之，让人感到十分恶心。我很少过过比这更让人难受的时刻了，因而在六点整他们几个人一下子都来了的时候，起初我甚至还很高兴，把他们看成了救苦救难的大救星，我差点忘了，我应当摆出一副生气的样子才是。

兹韦尔科夫被大家簇拥着头一个走了进来。他和他们大家都在说说笑笑；但是一看见我，兹韦尔科夫就端起一副架子，不慌不忙地走过来，搔首弄姿似的稍微弯了弯腰，向我伸出一只手，似乎很亲热，但又不十分亲热，带着一种恰如其分的、几乎是将军般的彬彬有礼的姿态，倒像一边伸出手来，一边在自我防范着什么似的。相反我原先想象，他进门后一定会立刻哈哈大笑，像以前那样，笑声很尖，还伴随着一声尖叫，一开口就是他那套平淡乏味的笑话和俏皮话。还在昨天晚上我就对此做了准备，但是我怎么也没料到他会摆出这样一副高傲，这样一副将军大人般的亲热劲儿。可见，现在他已经完全认定他已经在所有方面大大超过了我，不是吗？如果他仅仅想用这种将军般的姿态气我，那我想，那还没什么；我会啐口唾沫，嗤之以鼻。如果他真的毫无气我之意，他那颗山羊脑袋当真以为他大大超过了我，因此他对我的态度只能是垂青和呵护，那怎么办呢？一想到这个，我就觉得喘不上气来。

"我惊奇地得知您也有意参加我们的聚会。"他拿腔拿调地开口道，拖长着声音，他过去可不曾有过这种腔调呀。"咱们俩不知怎么总也见不着面。您生分了，老躲着我们。这可不应该哟。我们并不像您想象的那样可怕。好啦，您哪，无论如何，我很高兴，很高兴我们能恢——复……"

他说罢便大大咧咧地转过身子，把礼帽放到窗台上。

"等久了？"特鲁多柳博夫问。

"我是按昨天跟我约定的五点整到这里来的。"我大声地、怒气冲冲地、像要马上发作似的回答道。

"难道您没有告诉他改时间了？"特鲁多柳博夫问西蒙诺夫。

"没有。忘了。"西蒙诺夫回答，毫无认错之意，甚至都没向我表示歉意，就接着去张罗下酒菜。

"那么说，您来了已经有一小时了，啊呀，真可怜哪！"兹韦尔科夫嘲弄地叫起来，因为在他看来，这的确非常可笑。在他之后，那个卑鄙小人费尔菲奇金也像小狗叫似的用卑鄙无耻而又响亮的尖嗓子大笑起来。

他感到我的处境十分可笑而又丢人。

"这根本不可笑！"我向费尔菲奇金嚷道，越来越生气，"是别人的错，而不是我。有人不屑告诉我。这——这——这……简直荒唐。"

"不仅荒唐，更有甚者，"特鲁多柳博夫猸猸然说道，天真地为我打抱不平，"您也太好说话了。简直是失礼。当然，不是故意的。西蒙诺夫是怎么搞的嘛……哼！"

"要是跟我玩这一套，"费尔菲奇金说，"我非……"

"您应该吩咐跑堂的先来点什么嘛，"兹韦尔科夫打断他的话道，"或者干脆不等了，让跑堂的开席。"

"你们得承认，本来我是可以这样做的，不需要任何人允许，"我断然道，"我等是因为……"

"咱们入席吧，诸位，"西蒙诺夫走进来叫道，"一切都准备好了；香槟酒我敢打保票，冰镇的，好极了……要知道，我不知道你的住处，上哪找您呀？"他突然转过身来对我说，但是不知怎么又不敢望着我。

显然，他心里有某种抵触情绪。大概，发生了昨天的事情之后，他拿定了主意。

大家纷纷入席；我也坐了下来。桌子是圆的。我的左首是特鲁多柳博夫，右首是西蒙诺夫。兹韦尔科夫坐在我对面；费尔菲奇金挨着他，坐在他与特鲁多柳博夫之间。

"请——问，您……在局里供职？"兹韦尔科夫继续跟我攀谈。他看到我很尴尬，竟认真地以为应当对我亲热些，也可以说，让我振作起来吧。"他怎么啦，难道想让我拿瓶子砸到他身上去吗？"我愤愤然想道。由于不习惯他跟我来这一套，不知怎么猛一下子火了。

"在某某办公厅。"我生硬地回答，眼睛望着盘子。

"而且……您在那里觉得挺——好？请——问，什么事情迫——使您辞去以前的职务呢？"

"不想干了，这就是迫——使——我辞职的原因。"我拉长了声音，比他拉得更长，已经几乎控制不住自己了。费尔菲奇金扑哧一声笑了起来。西蒙诺夫嘲弄地看了看我；特鲁多柳博夫停止了吃，开始好奇地打量着我。

兹韦尔科夫感到很不快，但是他佯装并不在意。

"嗯——嗯——嗯，您在那儿待遇怎么样？"

"什么待遇？"

"就是薪——俸呀？"

"您是在查我的户口呀！"

不过，我还是立刻说了我拿多少薪水。我的脸涨得通红。

"不多呀。"兹韦尔科夫高傲地说。

"是的，您哪，没法在咖啡屋用餐！"费尔菲奇金放肆而又无耻地加了一句。

"我看，简直太少啦。"特鲁多柳博夫认真地说。

"从那时候以来……您瘦多了，也变多了……"兹韦尔科夫补充道，已经不无恶意，而且带着一种无耻的惋惜，打量着我和我的衣服。

"不要寒碜人家啦。"费尔菲奇嘻嘻笑着，叫道。

"先生，要知道，我并没有感到寒碜，"我终于爆发了，"听着，您哪！我在这里，在'咖啡屋'里吃饭，花的是自己的钱，自己的，而不是花别人的钱，请您注意这点，monsieur①费尔菲奇金。"

"怎——么！在这里谁不花自己的钱？您好像……"费尔菲奇金抓住我的这句话不放，脸红得像只大虾米，而且狂暴地望着我的眼睛。

"就这样，"我回答，感到话题扯远了，"我认为，咱们最好还是说点聪明点的话吧。"

"您大概想显示一下您的聪明吧？"

"您放心，在这里，这完全是多余的。"

"我的先生，您咕哒咕哒地嚷嚷什么呀——啊？您该不是疯了吧，您以为在您那居②呀里？"

"够啦，诸位，够啦！"兹韦尔科夫富有权威地叫道。

"这多么愚蠢啊！"西蒙诺夫不满地嘀咕道。

"的确很蠢，我们是友好地聚在一起，目的是给好

① 法语：先生。
② 原文是лепартамент（无意义），与департамент（局、司）仅一个字母之差，用在此处以示轻蔑。

165

友送行，而您硬要算您一份。"特鲁多柳博夫粗鲁地对我一个人说道："昨天您自己硬要加入我们一伙，那就请您不要扫兴……"

"够啦，够啦，"兹韦尔科夫叫道，"别说啦，诸位，这不合适。最好还是听我给诸位说说，前儿个我差点没结婚……"

接着就开始讲这位先生前儿个没结婚的无耻谰言。然而他一句话也没有提到结婚的事，倒是在这故事中不断提到将军呀，上校呀，甚至宫廷侍卫呀，等等，而兹韦尔科夫在他们中间差点没有独占鳌头。开始了一片赞许的笑声；费尔菲奇金甚至高兴得尖叫起来。

大家都撇下我不管，我沮丧而又尴尬地坐在一旁。

"主啊，我怎么跟这些人掺和到一块儿了呢！"我想，"我这是在他们面前自取其辱，成了多大的傻瓜呀！然而，我也太纵容这个费尔菲奇金了。这帮糊涂蛋还以为让我跟他们在一起吃饭，是给了我面子，殊不知不是他们给我面子！而是我给了他们面子！'瘦了！衣服！'噢，这该死的裤子！兹韦尔科夫方才就发现了膝盖上的污渍……还待在这儿干吗！马上，立刻，从桌旁站起来，拿起礼帽，一句话不说，干脆走人……出于轻蔑！而明天哪怕决斗。这帮卑鄙小人。要知道，我不是舍不得那七个卢布。他们大概以为……他妈的！我不是舍不得那七个卢布！立刻走人！……"

不用说，我还是留了下来。我因为心里不痛快就一杯接一杯地喝拉斐特酒和赫列斯酒。由于不习惯，很快就醉了，心中的懊恼也随着醉意不断增长。我突然想用最粗野的方式把他们大家都侮辱一顿，然后扬长而去。抓紧时间给他们露一手——让他们说：虽然可笑，但很聪明……而且……一句话，让他们见鬼去吧！

我用醉眼蒙眬的眼睛放肆地扫了他们一眼。但是他们好像把我完全忘了。**他们彼此**吵吵闹闹，又叫又嚷，十分快乐。一直是兹韦尔科夫在说话。我开始倾听。兹韦尔科夫在说一个白白胖胖的太太，他把她弄得神魂颠倒，终于承认她爱他（不用说，他像马一样胡诌），在这件事上帮了他大忙的是他的一位知心朋友，一位公爵少爷，骠骑兵科利亚，他家有三千名农奴。

"可是这位有三千名农奴的科利亚，怎么总也不到这里来给您送行呢。"我突然插进了谈话。一时间大家哑口无言。

"您这会儿可喝醉啦。"特鲁多柳博夫轻蔑地斜过眼来看着我这边，终于同意把我放他眼里了。兹韦尔科夫默默地打量着我，好像我是一只瓢虫。我低下了眼睛。西蒙诺夫急忙给大家倒香槟。

特鲁多柳博夫举起酒杯，大家也紧随其后，除了我。

"祝您健康和一路平安！"他向兹韦尔科夫叫道，"为了多年的友谊，也为了我们的未来，乌拉！"

大家都一干而净，并走过去与兹韦尔科夫亲嘴。我没有动弹；满满一杯酒放在我面前，原封不动。

"您难道不想干杯？"特鲁多柳博夫向我怒目而视，终于失去了耐心，吼道。

"我想发表演说，单独说几句……那时再干杯，特鲁多柳博夫先生。"

"讨厌的混蛋！"西蒙诺夫嘀咕道。

我在椅子上挺直了身子，神情激动地拿起了酒杯，仿佛准备做出什么不寻常的举动似的，但是我自己也不知道我究竟要说什么。

"Silence!①"费尔菲奇金叫道，"怪不得呢，该耍小聪明啦！"兹韦尔科夫心里明白究竟是怎么回事，他在十分严肃地等待。

"兹韦尔科夫中尉先生，"我开口道，"要知道，我最讨厌说空话、说空话的人和装腔作势……这是第一点，这之后还有第二点。"

大家剧烈地骚动起来。

"第二点：我最讨厌拈花惹草和那些爱拈花惹草的人②。尤其是那些爱拈花惹草的人！"

① 法语：肃静！
② 典出果戈理《死魂灵》第一部第四章诺兹德廖夫的话。

"第三点：我爱真理、真诚和诚实，"我几乎机械地继续说道，因为我自己已经害怕得浑身冰凉，不明白我怎么会说这样的话……"我爱思想，兹韦尔科夫先生，我爱真正的友谊，而不爱……唔……我爱……不过，这又干吗呢？我要为您的健康干杯，兹韦尔科夫先生。去勾引那些切尔克斯女人吧，打死那些祖国的敌人，还有……还有……为您的健康干杯，兹韦尔科夫先生！"

兹韦尔科夫从椅子上站起来，向我一鞠躬，说道：

"不胜感激。"

他非常生气，甚至脸都气白了。

"他妈的！"特鲁多柳博夫一拳捶到桌上，大吼一声。

"不，您哪，说这话就该给这混蛋一记耳光！"费尔菲奇金叫道。

"该把他轰出去！"西蒙诺夫狺狺然叫道。

"别说啦，诸位，也不要有任何动作！"兹韦尔科夫庄重地叫道，制止了普遍的义愤。"我感谢诸位，但是，我会向他证明我是多么重视他说的这番话的。"

"费尔菲奇金先生，明天您必须对您刚才说的话给予我满意的回复！"我傲慢地向费尔菲奇金大声说道。

"您说决斗？行啊。"他回答道，但是我要求决斗的样子大概太可笑了，跟我的外貌太不相称，大家（而在大家之后则是费尔菲奇金）见状都笑得趴下了。

"是的，当然，甭理他！可不是完全喝醉了吗！"特鲁多柳博夫厌恶地说。

"我永远也不能原谅自己，居然让他也来参加聚会！"西蒙诺夫又嘀咕道。

"现在就该把瓶子扔到大家身上。"我拿起酒瓶想道，接着……给自己倒了满满一杯。

"不，最好坐到底！"我继续想道，"诸位，你们巴不得我走呢。我就不走。我要故意坐到底，以示我根本不买你们的账。我就要坐下去，因为这里是酒馆，我进门是付了钱的。我就要坐下去和喝下去，因为我认为你们是些无名小卒，不过是些不足挂齿的无名小卒。我要坐下去和喝下去……而且，如果我愿意，我还要喝，对了，您哪，我还要唱，因为我有权唱……哼。"

但是我并没有唱。我只努力做到不看他们当中的任何人；我摆出一副独立不羁的架势，迫不及待地等着他们自己先开口同我说话。但是，呜呼，他们竟不开口。这时候我多么想，多么想同他们言归于好啊！敲了八点钟，最后敲了九点。他们离席坐到长沙发上。兹韦尔科夫则斜倚在沙发榻上，把一只脚搁在圆桌上，侍应生把酒端了过去。他果真给他们带来了自家的三瓶酒。不用说，他没有邀请我也坐过去。大家都围着他坐在长沙发上。他们几乎带着崇敬在听他说话。看得出来，他们都很爱他。"爱他什么？爱他什么呢？"我暗自琢磨。他们有时喝得醉醺醺的，一片欢天喜地的样子，互相亲吻。他们谈论高加索，谈论什么是真正的热情，谈论打牌赌博，谈论工作中的肥缺；谈论谁也不曾亲见的骠骑兵波德哈尔斯基有多少收入，听说他有很多收入，大家都很高兴；他们又谈到他们中间谁也不曾见过的公爵夫人 Д 的非凡的美貌和优雅的气质；最后又谈到莎士比亚是不朽的。

我轻蔑地微笑着，在包间的另一边，在沙发的正对面，沿着墙根，踱着方步，从餐桌走到火炉，又从火炉走到餐桌。我竭尽全力想要表示我没有他们也活得下去；同时又故意踏着脚后跟，把皮靴踩得山响。但是一切都属徒劳。**他们**根本不理我。我耐着性子径直在他们面前走来走去，从八点走到十一点，一直在同一块地方，从餐桌走到火炉，再从火炉回到餐桌。"我就这样自管自地走着，谁也没法禁止我。"走进包间来的侍应生，好几次停下来看我；因为总是转圈，我的头都转晕了；有时候我觉得自己似乎处在一种谵妄状态。在这三小时中，我三次出汗，出了又干，干了又出。有时候我感到一阵深深的剧痛，有一个想法刺进我的心：再过十年，二十年，四十年，哪怕再过四十年，我还是会厌恶地和感到屈辱地想起我一生中的这一最肮脏、最可笑和最可怕的时刻。简直是自取其辱，而且再也没有比这更不要脸和更自觉自愿的了，这道理我完全懂，我完全懂，但是我还是从餐桌到火炉，再从火炉到餐桌，继续来来回回地踱着方步。"噢，假如你们能够知道我的感情有多么丰富，思想有多么深刻，我的思想有多么发达就好啦！"有时候我想，心里在对着坐在沙发上的我的仇敌们说。但是我的仇敌们竟旁若无人，好像我根本不在这屋里似的。有一回，仅仅就这么一回，他们向我转过身来，也就是兹韦尔科夫谈到莎士比亚的时候，我突然轻蔑地哈哈大笑。我十分做作和十分恶劣地扑哧一笑，以致他们大家一下子中止了谈话，默默地观察了我两三分钟，严肃地，也不笑，看我怎样沿着墙根，从餐桌走到火炉，我又怎样**对他们不理不睬，嗤之以鼻**。但是一无所获：他们还是不开口，过了两分钟，他们又撇下我不管。

钟敲了十一点。

"诸位,"兹韦尔科夫从沙发上站起来,叫道,"现在大家都上那儿^①去吧。"

"当然,当然!"其他人说道。

我向兹韦尔科夫猛地转过身来。我已经被他们折腾得筋疲力尽,失去了常态,哪怕一刀砍了我,但求早点结束!我浑身像发寒热似的;被汗打湿的头发变干了,紧贴在我的前额和两鬓。

"兹韦尔科夫!我请求您原谅,"我断然而又坚决地说道,"费尔菲奇金,我也请求您原谅,请大家,请大家原谅,我得罪了大家。"

"啊哈!决斗可不讲交情!"费尔菲奇金恶狠狠地嘀咕道。

我的心好像被狠狠地捅了一刀。

"不,我不是怕决斗,费尔菲奇金!我准备明天跟您决斗,不过必须在和好之后。我甚至坚决要求决斗,您不能拒绝我。我要向你们证明:我不怕决斗。

---

① 指妓院。

175

您可以先开枪，而我则朝天开枪。"

"自我安慰。"西蒙诺夫说。

"简直瞎掰！"特鲁多柳博夫评论道。

"请您让我过去，您挡了道！……您到底想干什么？"兹韦尔科夫轻蔑地问道。他们的脸全都红了；两眼发直，因为喝多了酒。

"我请求您的友谊，兹韦尔科夫，我得罪了您，但是……"

"得罪了我？您——您！得罪我——我！要知道，先生，无论在何种情况下，您永远得罪不了我！"

"得了吧您，躲开！"特鲁多柳博夫附和道，"咱们走。"

"诸位，奥林皮娅是我的，说定了！"兹韦尔科夫叫道。

"我们不会抢的！不会抢的！"大家笑着回答道。

我遭人唾弃地站在那里。他们那帮人说说笑笑地走出了房间，特鲁多柳博夫唱起一支混账的歌。西蒙诺夫稍稍停留了片刻，以便给侍应生小费。我突然走到他身边："西蒙诺夫！借给我六个卢布！"我坚决而又绝望地说。

他异常惊讶地，两眼发直地看了看我。他也喝醉了。

"难道您也要跟我们到**那儿**去？"

"是的！"

"我没钱！"他断然道，轻蔑地发出一声冷笑，走出了房间。

我抓住了他的大衣。这简直是一场噩梦。

"西蒙诺夫！我看见您有钱，干吗不借给我呢？难道我是个卑鄙小人？不借给我，您可要小心了：您要是知道，您要是知道，我向您借钱干什么，您就不会拒绝我了！一切都取决于这个，我的整个未来，我的全部计划……"

西蒙诺夫掏出钱，差点没把钱甩给我。

"拿去，既然您这么无耻！"他无情地说，接着就跑出去追他们了。

　　留下我一个人待了片刻。杯盘狼藉，残羹剩饭，地上是打碎的酒杯，洒掉的残酒，吸剩的烟头，脑袋里是一片醉意和晕晕乎乎的感觉，心中是痛苦的烦恼，最后则是那个侍应生，他什么都看见了，什么都听见了，正好奇地注视着我的眼睛。

　　"上那儿！"我叫道，"要不他们全给我跪下，抱着我的双腿，乞求我的友谊，要不……要不我就给兹韦尔科夫一记耳光！"

5

"这才是，这才是终于接触到了现实。"我嘀咕道，一面飞快地跑下楼梯。

"这看来不是离开罗马流亡到巴西的教皇；看来也不是科摩湖畔的舞会！"

"你是个卑鄙小人！"我脑海里倏忽一闪，"既然你现在取笑此事。"

"由它！"我自问自答地叫道，"要知道，现在一切都完了！"

他们早已无影无踪；但是无所谓：我知道他们上

哪儿了。

台阶旁孤零零地停着一辆夜间拉客的蹩脚雪橇，车上盖着粗呢子，落满了还在下个不停的潮湿而又似乎温暖的雪花。天气潮湿而又闷热。拉雪橇的那匹小小的、鬃毛蓬乱的花马身上也落满了雪花，而且在咳嗽；这，我记得很清楚。我奔向这个用树皮编的轻便雪橇；但是我刚要抬腿坐上去，忽然想起西蒙诺夫刚才给我六个卢布的事，我陡然感到两腿发软，我像一只口袋似的跌坐在雪橇上。

"不，要弥补这一切必须做很多事！"我叫道，"但是我一定要弥补，要不今天夜里就当场毙命，就死那儿。走！"

我们出发了。狂风呼啸，在我脑子里不停地旋转。

"跪下来求我，乞求我的友谊——他们不干。这是海市蜃楼，鄙俗的、可恶的、浪漫的、脱离实际的海市蜃楼；就像科摩湖畔那个舞会一样。因此我应当给兹韦尔科夫一记耳光！我必须给他一记耳光。就这样，说定了；我现在就飞也似的跑去给他一记耳光。"

"快跑！"

车夫拽了拽缰绳。

"我一进去就给他一记耳光。要不要在打耳光前先说几句话做开场白呢？不！简简单单，进去就给他一记耳光。他们一定都坐在客厅里，而他则跟奥林皮娅坐在长沙发上。这个可恶的奥林皮娅！有一回，她居然敢取笑我的脸，不要我。我要揪住奥林皮娅的头发，把她拉开，再揪住兹韦尔科夫的两只耳朵！不，最好揪一只耳朵，揪住他的一只耳朵，拽着他在屋里转圈。说不定他们大家会冲上来打我，想把我推开。这甚至是肯定的。让他们打让他们推好了！反正我先打了他耳光：我主动出击；而维护人格尊严——这就是一切；他已经受到奇耻大辱，他们用任何殴打都洗刷不清他挨的这记耳光，除非诉诸决斗。他必须决斗。就让他们现在打我好了。让他们打好了，这帮忘恩负义的家伙！打得最凶的肯定是特鲁多柳博夫：他力气最大；

费尔菲奇金肯定会从一旁揪住我不放，他肯定会揪我的头发，这是肯定的。但是，让他们打让他们揪好了！我豁出去了。他们那山羊脑瓜将会终于开窍，懂得这么做的悲惨结局！当他们把我拽到门外去的时候，我就向他们大叫，其实他们都抵不上我的一根小指头。"

"快跑，赶车的，快跑！"我向车夫叫道。

他甚至打了个哆嗦，挥起了马鞭。我的叫声十分粗野。

"天一亮就决斗，这已经定了。局里的差事就算完了。方才，费尔菲奇金把'局'说成了'居'。但是上哪弄手枪呢？废话！我可以预支薪水，买它一把。那火药呢？那子弹呢？那是副手的事。这一切在天亮前怎么赶得及呢？我又上哪找副手呢？我没有朋友……""废话！"我叫道，脑子里的旋风转得更快了，"废话！""街上随便碰到一个人，就找他，他不就是我的副手吗，就像把落水的人从水里救出来一样。应当允许这种偏离常规的非常之举。即便我明天请局长本人做我的副手，他出于单纯的骑士感也应当欣然同意，并为我保密！安东·安东内奇……"

问题在于，就在这时候我也比全世界任何人都看得更清楚和更明白，我这些设想有多丑恶、多荒谬，以及这事的整个不利方面，但是……

"快跑，赶车的，快跑，混蛋，快跑呀！"

"哎呀，老爷！"那乡下佬说。

我突然打了个寒噤。

"现在直接回家岂不更好……岂不更好吗？噢，我的上帝！昨天我干吗，干吗主动要求参加这次宴会呢？但是不，办不到！那又干吗要从餐桌到火炉来来回回地走三个小时呢？不，他们，他们，而不是什么别人，必须为我这样的来回溜达付出代价！他们必须为我洗清这耻辱！"

"快跑！"

"要是他们把我送到警察局去咋办？他们不敢！他们怕出丑。要是兹韦尔科夫出于轻蔑不肯决斗咋办？

这甚至是肯定的。但是，那我就要向他们证明……倘若他明天要走，我就冲进驿站大院，等他爬上车的时候，抓住他的一条腿，扯下他身上的大衣。我要用牙咬住他的手，狠狠地咬他一口。'大家瞧，把一个不要命的人会逼到什么地步！'让他打我的脑袋好了，让他们从我后面拽我好了。我要向围观的所有人高叫：'你们瞧，这狗崽子，脸上还挂着我啐他的唾沫呢，居然想去勾引切尔克斯的女人！'

"不用说，发生这样的事以后一切就完蛋了！局里的差事将从地面上消失。我将被抓起来，我将会吃官司，我将会被开除，关进大牢，流放西伯利亚，去那移民。没关系！过十五年把我放出监狱后，我就穿着破破烂烂的衣服，一文不名地去找他。我会在某个省城里找到他。他已经成了家，而且很幸福。他还有个成年的女儿……我将对他说：'你瞧，恶棍，你瞧瞧我这塌陷的两腮和我这身破烂吧！我失去了一切——前程、幸福、艺术、科学、**心爱的女人**，一切都因为你。你瞧，这是两把手枪。我是来把自己的手枪射空，并且……饶恕你的。'接着我向半空开了一枪，关于我，从此音信全无……"

我甚至都哭了，虽然在这瞬间我知道得很清楚，这一切都取自西尔维奥①和莱蒙托夫的《假面舞会》。忽然，我觉得非常可耻，可耻得让马停了下来，爬下了雪橇，站在当街的雪地里。车夫叹着气，诧异地看着我。

怎么办？到那儿去是不行了——简直荒唐；中途撂下不干也不行，因为这会闹笑话……主啊！怎么能半途而废呢！而且，在受了这样的奇耻大辱之后！

"不！"我叫道，又冲上了雪橇，"这是命中注定的，这是命！快跑，快跑，去那儿！"

于是我不耐烦地用拳头捶了一下车夫的脖子。

"你倒是怎么啦，干吗打人呢？"那个乡下佬叫道，然而却连连鞭打自己的驽马，因而那马开始用后腿尥起了蹶子。

---

① 普希金的小说《射击》(1830)中的主人公。

下着鹅毛大的湿雪；我掀开身上的粗呢毛毯，我顾不得这许多了。我忘记了其他一切，因为我已经彻底拿定主意非去打那耳光不可了，我恐怖地感到，这**肯定立刻马上就会发生，而且任何力量也拦不住我。**荒凉的街灯阴阳怪气地在一片昏暗的雪夜中闪亮，就像送葬队伍中的火把。雪花落进我的大衣、外衣和领带下面，灌得满满的，并在里面逐渐融化；我没有盖上毛毯：要知道，即使不这样我也失去了一切！我们终于到了目的地。我几乎浑浑噩噩地跳下了雪橇，登上了台阶，开始手脚并用地敲门。尤其是我的两条腿，膝盖处，软得厉害。不知怎么很快就开了门；好像他们知道我要来似的。（果然，西蒙诺夫预先打了招呼：也许还有个人要来，这里必须预先打招呼，总之必须采取预防措施。这是一家当时的"时装商店"，现在这类商店早已被警方取缔了。白天这里的确是商店；而一到晚上，必须经人介绍才能进去找人。）我快步走过黑黢黢的店铺，走进我熟悉的客厅，里面只点着一支蜡烛，我莫名其妙地站住了：一个人也没有。

"他们呢?"我问一个人。

不用说，他们已经撤了……

有个人站在我面前，傻呵呵地笑着，这是鸨母，跟我多少有点认识。一分钟后门开了，又进来一个人。

我对一切都不理不睬，只顾在屋里走来走去，似乎，还自言自语。我好像死里逃生似的，而且全身心都预感到这种死里逃生的快乐：要知道，我是来打他耳光的，而且我一定，一定要打他耳光！但是现在他们走了，而且……一切都消失了，一切都变了！……我仓皇四顾。我还没有明白过来。我无意识地瞅了一眼进来的姑娘：在我面前闪过一张娇嫩的、年轻的、稍微有点苍白的脸，长着两道黑黑的柳叶眉，带着一副严肃的，似乎略显惊讶的眼神。我立刻就喜欢上了这表情，如果她笑容可掬，我反而会讨厌她恨她。我开始定睛注视她，好像很费劲似的：我的思想还没有完全集中起来。这张脸显出某种忠厚和善良，但又不知怎么严肃得令人奇怪。我相信，她在这里正因为这点而吃了亏，那些傻瓜竟没有一个人发现她。话又说回来，她也称不上是大美人，虽然高挑的身材，身体很好，形态优美。她穿得非常朴素。一种卑劣的念头咬了我一口；我径直走到她跟前……

我偶然照了照镜子。我那惊惧不安的脸使我感到恶心极了：苍白、邪恶、下流，再加上一头蓬乱的头发。"由它，我就喜欢这样，"我想，"我就喜欢她看到我恶心；我就喜欢这样……"

6

……隔壁屋里的某个地方，好似受到什么强大的压力，又好像被人掐住了脖子——墙上的挂钟声嘶力竭地响了起来。在不自然的、长久的嘎哑声之后，接着又响起了尖细的、难听的、有点出乎意料的急促的打点声——好像有人陡地往前一跳似的。敲了两下。我醒了，虽然我根本没睡，只是似睡非睡地躺了一会儿。

这房间窄小、低矮、拥挤，还塞进一只硕大无朋的大衣柜，到处堆满了纸箱、女人的衣服和各种穿戴用的杂物——屋里几乎黑黢黢的，屋子尽头有一张桌子，桌上点着一支蜡烛头，已经快要完全熄灭了，只是间或微微闪出一点亮光。再过几分钟肯定会出现一片黑暗。

我不久就清醒了过来；是一下子清醒的，没费力气，我立刻想起了一切，好像这记忆一直守着我，随时准备重新扑到我身上来似的。而且即便在昏睡中，我记忆里也似乎经常残存着某个怎么也忘不了的点，我的沉重的梦魇就围绕着这个点在旋转。但是说也奇怪：我这天发生的一切，现在我醒来后却觉得，这已经是早就过去的事了，似乎我早已经把这一切给忘了。

我脑子里乱糟糟的。似乎有什么东西在我头上盘旋，拍打着我，使我激动，使我不安。心头的烦恼和怒火又开始充塞我的胸膛，在寻找宣泄。突然在我身旁，我看到了两只睁得大大的眼睛，在好奇又执拗地观察我。这目光冷漠、阴郁，好像完全陌生的一样；它使我感到难受。

一种阴郁的思想蓦地出现在我的脑海里，随即传遍全身，产生一种非常难受的感觉，这感觉就像一个人走进潮湿、发霉的地下室产生的感觉一样。好像怪不自然似的，为什么偏偏是现在这两只眼睛想起来要打量我呢。我又想起，在这两小时内，我没有跟这人说过一句话，而且根本不认为有跟她说话的必要；不知为什么我方才甚至还很喜欢这样。现在我才突然清楚地看到，这种没有爱情，粗暴而又无耻地直接从本来应当是真正的爱情达到高潮时才做的事情开始，这是淫乱，是多么荒唐，像蜘蛛一样，多么令人恶心啊！我俩久久地互相对视着，但是她在我的逼视下并没有垂下眼睛，也没有改变自己的目光，这倒把我看得不知为什么终于感到毛骨悚然了。

"你叫什么?"我急促地问，想快点结束。

"丽莎。"她几乎像耳语似的回答道，但又似乎冷冰冰的，接着就移开了眼睛。

我沉默了片刻。

"今天天气……下雪……很糟糕！"我几乎自言自语地说道，烦恼地把一只手枕在脑后，看着天花板。

她不回答。这一切都很不像话。

"你是本地人？"过了一分钟，我问道，几乎很生气，把头微微转向她。

"不是。"

"哪的？"

"里加①。"她不乐意地回答。

"德意志人？"

"俄罗斯人。"

"早在这儿了？"

"哪儿？"

"妓院。"

"两星期。"她的说话声越来越急促。蜡烛全灭了；我已经看不清她的脸。

"有父亲和母亲吗？"

"嗯……没有……有。"

---

① 里加为拉脱维亚首都。拉脱维亚于18世纪并入帝俄，1919年独立。当时，拉脱维亚有许多德意志人。

"他们在哪?"

"那儿……里加。"

"他们是干什么的?"

"没什么……"

"什么叫没什么?干什么,干哪一行的?"

"做小生意。"

"你一直跟他们住一块儿?"

"是的。"

"你多大了?"

"二十。"

"你干吗要离开他们?"

"没什么……"

这**没什么**的意思是说:别烦我了,讨厌。我们都沉默不语。

天知道我为什么没有离开。我自己也感到越来越恶心,越来越烦躁。过去一整天的种种形象,好像自动地,不经过我的意志,杂乱无章地掠过我的脑海。

我突然想起早上在大街上我心事重重地赶着去上班时看到的情景。

"今天往外抬棺材的时候差点没掉地下。"我忽然说出了声音，我根本没有想开口说话，而是这样，几乎无意识地脱口而出。

"棺材？"

"是的，在干草市场；从地窖里抬出来的。"

"地窖？"

"不是从地窖，而是从地下那一层……嗯，你知道吗……在那下面……从很差劲的房子里……周围全是烂泥……鸡蛋壳、垃圾……一股臭味……恶心。"

沉默。

"今天下葬太糟糕了！"我又开口道，只是为了不沉默。

"怎么太糟糕了？"

"下雪，湿漉漉的……"（我打了个哈欠。）

"反正一样。"沉默片刻后她忽然说。

"不，讨厌……（我又打了个哈欠。）掘墓人，因为雪把他们打湿了，大概在骂街。墓坑里想必有水。"

"墓坑里怎么会有水呢？"她带着几分好奇地问，但是说话却比从前显得更粗鲁，更生硬了。我突然升起一股无名火。

"怎么啦，坑底下，水约莫六俄寸深，在沃尔科沃①挖的墓没一处是干的。"

"为什么?"

"怎么为什么? 这地方有水。这里到处是沼泽。干脆就放到水里。是我亲眼看见的……见过好多次。"

（我一次也没见过，而且也从来没有到过沃尔科沃，我只是听到别人这么说罢了。）

"难道你认为死不死都一样?"

"我干吗要死呢?"她好像自卫似的回答道。

"你总有一天要死的，就像不久前死的那女人一样。她……也是个姑娘……害痨病死的。"

"倘若这姐死在医院里就好啦……"（她知道这事，

---

① 彼得堡的一处墓地名。别林斯基、屠格涅夫等名人也埋葬在那里。

我想——所以说"妞",而不说"姑娘"。)

"她大概欠了鸨母的钱。"我反驳道，因为争论，火气越来越大了，"尽管得了肺痨，可是几乎一直到最后，她都在为她接客。马车夫跟大兵们聊天到处都在说这事。大概是她过去的老相好。他们说说笑笑。还准备在酒馆里追悼她。"(这里有许多话是我添油加醋胡诌的。)

沉默，深深的沉默。她甚至都没有动弹一下。

"难道死在医院里就好吗？"

"还不都一样？……我干吗要死呢？"她又生气地加了一句。

"现在不死，那以后呢？"

"以后死就以后死呗……"

"可别这样！现在你还年轻、漂亮、娇艳——大家把你当宝贝。可是这样的日子再过一年，你就不会这样了，就会年老色衰了。"

"再过一年？"

"不管怎么说，再过一年你就没有现在值钱了。"我幸灾乐祸地继续道，"你就会离开这里到更低级的地方去，到另一家妓院。再过一年——又到第三家，越来越低级，而再过七八年，你就会沦落到干草市场的地窖里①。这还是好的。倒霉的是，除此以外，你还得了什么病，嗯，比如胸部有病……或者你感冒了，或者随便什么病。干这样的营生，有病就很难好。一旦缠上病，就轻易好不了。那时候你就只有死了。"

　　"死就死。"她恶狠狠地回答道，迅速扭动了一下身子。

　　"要知道，这太可惜了。"

　　"可惜谁?"

　　"可惜了这一生。"

　　沉默。

　　"你有过未婚夫吗? 啊?"

　　"您问这干吗?"

　　"我不是向您刨根问底。我有什么。你干吗生气

---

① 彼得堡干草市场周围的胡同里，妓院林立，而且都是位于地下室的下等妓院。

呢？你当然也可能有自己的愉快的事。这关我什么事？没什么，可怜。"

"可怜谁？"

"可怜你呀。"

"不用你可怜……"她勉强听得见地悄声道，又扭动了一下身子。

这又使我立刻升起一股无名火。怎么！我对她这么体贴，她竟……

"你在想什么？你走的是正路吗？啊？"

"我什么也不想。"

"不想更糟糕，趁还来得及，快点清醒清醒吧。趁还来得及。你还年轻，长得又漂亮；还可以恋爱，还可以嫁人，还能成为一个幸福的人……"

"也不是所有出了嫁的人全都幸福呀。"她用原先那种开连珠炮似的粗鲁的声音生硬地说。

"当然，不是所有的人，不过比待在这里总要好得多。好得没法比。而有了爱情，即使不幸福，也能过。

即使不幸，生活也是美好的，活在世上，甚至不管怎么活，也是好的。而这里，除了……丑恶。呸！"

我厌恶地转过身去；我已经不是在冷冰冰地说教了。我感同身受，而且越说越激动。我已经渴望把自己独居一隅，反复思考过的那些珍藏心底的**想法**全都说出来。我心中似乎有什么东西陡地燃烧起来，"出现了"某个目标。

"你别看我在这里鬼混，我对你不足为训。我也许比你更坏，话又说回来，我是喝醉了酒才到这儿来的。"我急于为自己辩白，"再说男人根本不能同女人比。这是不同的两回事；我虽然作践自己，糟蹋自己，可是我毕竟不是任何人的奴隶；来了，走了，也就没有我这个人了。掸去身上的土，又换了个人。可是拿你来说，你从一开始就是奴隶。是的，奴隶！你把一切，把整个意志都贡献了出来，以后你想挣脱这枷锁就办不到了：它会越来越紧地把你禁锢住。这该死的枷锁就是这样的。我知道它。至于别的，我就不说了。可能你也听不懂，不过，请你告诉我：你大概欠鸨母的钱吧？嗯，你瞧！"我又加了一句，虽然她并没有回答我的话，只是默默地竖起耳朵听着；"瞧，这就是枷锁！你永远无法赎身。他们一定会这么做的。你无异把灵魂交给了魔鬼……

"就拿我说吧……你怎么知道呢，也许我也同样不幸，故意往火坑里跳，也是因为心里苦闷。要知道，喝酒是为了借酒浇愁：嗯，我到这里来——也是为了消愁解闷。你倒说说看，这有什么好：咱们俩……方才……凑到一块，可是在整个这段时间里，咱俩彼此一句话也没有说过，而你直到后来才像个野姑娘似的开始打量我；我对你也一样。难道这叫爱吗？难道人与人应当这样亲近吗？这简直不成体统，就这么回事！"

"对！"她生硬地、急匆匆地附和我的话道。我甚至对她急匆匆地说这"对"字感到奇怪。这说明，也许，她方才打量我的时候，她的脑海里也闪过同样的念头？这表明她也已经会想某些问题了？……"他妈的，这倒有意思，这可是'英雄所见略同'呀。"我想——差点没有踌躇满志地搓起手来，"难道我就对付不了这么一颗年轻的心……"

我最感兴趣的还是逢场作戏。

她把自己的头转过来离我更近了，我在黑暗中觉得，她似乎用一只手支着脑袋。也许在打量我。我看不清她的眼睛，感到多么可惜啊。我听到她深深的呼吸声。

"你干吗要到这里来呢？"我开口道，已经带着某种威严。

"没什么……"

"在老家该多好啊！温暖，自由自在；总归是自己的家嘛。"

"要是还不如这里呢？"

"必须与她的思想合拍，"我脑子里倏忽一闪，"一味多愁善感是起不了大作用的。"

然而，这不过倏忽一闪而已。我敢发誓，她也的确使我很感兴趣。况且当时我的心情也有点缠绵悱恻。再说弄虚作假与当真动情也很容易和睦相处。

"谁说的！"我急忙回答，"什么都可以发生。我倒相信，肯定有人欺负了你，对不起你，而不是你对不起**他们**。要知道，我对你的身世一无所知，但是像你这样一个姑娘肯定不会是自己乐意到这里来的……"

"我算什么姑娘呀？"她用勉强听得见的声音道，但是我听清了。

"他妈的，我在巴结她。真叫人恶心。说不定，也好……"她沉默不语。

"我说丽莎——我想说说我自己！要是我从小有个家，我绝不会像现在这样。我常常想这问题。要知道，不管在这家里多么不好——毕竟是自己的爹娘，而不是敌人，不是外人。即便一年里只有一次向你表现出爱。你毕竟知道你在自己家里。瞧，我是没有家长大的；大概正因为如此，我才变成这样……无情。"

我又等来了沉默。

"也许她根本就没有听懂。"我想，"再说也太可笑了——说教。"

"如果我是父亲，我有自己的女儿的话，我也许会爱女儿胜过爱儿子，真的。"我又旁敲侧击地说，好像不是为了逗她喜欢似的。不瞒诸位，我的脸红了。

"这是为什么呢？"她问。

可见她在听。

"不为什么；我也不知道，丽莎。你瞧：我认识一个做父亲的，为人很严厉，老板着脸，可是却常常趴在女儿面前，亲吻她的手和脚，看都看不够，真的。她去晚会跳舞，他就站在一旁，一站就是五小时，目不转睛地看着她。他爱她简直爱得发狂；我明白这道理。半夜，她累了——睡着了，而他一觉醒来就跑去亲吻睡着的女儿，为她祈祷，为她祝福。自己则穿着油脂麻花的外衣，对所有的人都很小气，可对她却倾其所有，会什么都买，送贵重的礼物，如果她喜欢这礼物，他就高兴得不得了。父亲总是比母亲更爱女儿。一个姑娘生活在家里，该多开心啊！要是我，可能都舍不得把自己的女儿嫁出去。"

"那又是怎么回事呢？"她问，微微一笑。

"我会吃醋的，真的。嗯，她怎么能亲吻另一个人呢？爱旁人更胜于爱自己的父亲吗？想到这事都让人难受。当然，这全是废话；当然，到头来任何人都会明白这道理的。但要是我，在把她嫁出去之前，很可能十分苦恼，就操心一件事：挑遍所有前来求亲的人，什么人都看不上。到头来还是把她嫁给了她自己喜欢的人。要知道，女儿自己喜欢的那人，在父亲看来，总是最差的。就是这么回事。就因为这道理，家里才发生许多不幸。"

"有些人巴不得把女儿卖出去呢，而不肯把她体体面面地嫁出去。"她蓦地说道。

啊！原来是这么回事！

"丽莎，这是那些该诅咒的家庭，在这些人家里既没有上帝，也没有爱，"我热烈地接口道，"而没有爱的地方也就没有理性。没错，这样的家庭是有的，我不是说它们。你大概在自己家里没有看到幸福，所以才这么说。你真是一个不幸的姑娘。唉……这一切多半因为一个穷字。"

"难道有钱人家里的情形就会好些吗？一些正人君子即使穷也生活得很好嘛。"

"唉……是的。也许吧。还有一句话，丽莎：一个人只爱计算自己的不幸，而不会计算自己的幸福。你好好算一下，就会看到，每个人都有自己的幸福。要是一家人家一切都顺顺当当，上帝赐福，丈夫好，爱你，疼你，不离开你，这有多好！这家人家多幸福！甚至有时候幸与不幸对半分，也挺好嘛；谁家没有不幸呢？说不定。出嫁后你自己就知道了。就拿你嫁给你心爱的人新婚燕尔的时候说吧：有时候是多么，多么幸福啊！而且随时随地都感到幸福。新婚燕尔的时候，甚至跟丈夫吵架也感到很甜蜜。有这样的人心里越是爱，就越爱跟丈夫吵架。真的，我就认识这样一个女人，她说：'就这么回事，我非常爱你，正因为爱，我才折磨你，你要感觉得到呀。'你知道因为爱可以故意折磨一个人吗？这多半是女人。可她自己心里却在想：'不过，以后我会非常非常爱他的，我会百般体贴他，因此现在折磨折磨他也不算罪过。'于是家里，大家看着你俩就高兴，既幸福又开心，既和和美美，又相敬如宾……也有些人爱吃醋。他出门有事，（我就认识这么一个女人，）她就受不了，半夜三更跳出来，跑出去偷看：他不会到那里去吧，不会去妓院吧，不会跟那个女人在一起吧？这就不好啦。她自己也知道不好，她的心在七上八下，受着煎熬，她爱他，一切都因为爱。争吵之后又言归于好，是多么幸福啊，或者自己向他认错，或者原谅他！小两口觉得非常幸福，突然觉得幸福极了——就像他们久别重逢，又结了一次婚，又开始重新恋爱似的。如果夫妻俩彼此相爱，那任何人，任何人也不应当知道夫妻间发生的事。

不管他俩发生多大争吵——也不应当把亲生母亲叫来评理，也不应当互相说长道短。应当由他们自己来给自己评理。爱情是上天的秘密，不管夫妻俩发生什么事，旁人都无权过问。只有这样，爱情才会变得更神圣，更好。彼此要更多一些尊重，许多事情都是建立在彼此尊重的基础上的。既然彼此有过爱情，既然因相爱而结婚，那为什么要让爱情一去不复返呢！难道就不能维持爱情吗？很少有不能维持爱情的情况。嗯，只要能找到一个好丈夫，只要他是个善良的正人君子，那他们的爱情怎么会一去不复返呢？新婚的情爱会过去，不错，可是后来的爱情会更加美好。那时候就会两心相印，夫妻同心，共建美好家庭；彼此都没有秘密，随后就会生儿育女，这时，每时每刻，甚至最艰难的时刻都会觉得幸福；只要彼此相爱，勇敢地面对一切。这时候工作起来也是愉快的，为了孩子，有时候即使节衣缩食也是开心的。要知道，为了这，孩子们以后会爱你的；这意味着，你在为自己储蓄。孩子长大了——你会感到你是他们的榜样，你是他们的支柱；即使你死了，他们也将一辈子在自己身上拥有你的感情和思想，因为这是他们从你那里学到的，他们将会继承你的形象和样式①。就是说，这是伟大的天职。这时候父母亲怎么会不更加亲密地相亲相爱呢？有人说，把孩子拉扯大太难了？这是谁说的？这是天大的幸福。你喜欢小孩吗，丽莎？我非常喜欢。你知道吗——这么一个粉妆玉琢的孩子，偎依在你的怀里吃奶，哪个丈夫看着他的妻子抱着他的孩子会对她不心向而神往呢！一个白里透红的小小孩，胖胖的小脸蛋，叉手叉脚地躺着，睡眼蒙眬；小手小脚胖乎乎的，小指甲干干净净的，小小的，小得让你看着都觉得可笑，小眼睛忽闪忽闪的，好像他什么都懂。一边吃奶，一边还用小手抓你的乳房玩。爸爸走过来——他就松开奶头，整个身体往后仰，看着爸爸，笑起来——真是天知道有多可笑——接着又重新凑上去吃奶。要不就猛地咬一口母亲的奶头，如果乳牙长出来了的话，而

① 典出《旧约·创世记》第一章第二六节："神说：'我们要照着我们的形象，按着我们的样式造人。'"

他自己还斜过小眼睛去看妈妈：'瞧，咬了一口！'当他们仨，丈夫、妻子、孩子在一起的时候，难道这里的一切不全是幸福吗？为了这样的时刻，许多事情都可以原谅。不，丽莎，先要自己学会怎样生活，然后再责怪别人！"

"必须绘声绘色，必须这样绘声绘色，才能打动你！"我心想，虽然，真的，我是动情地说这番话的，可是我突然脸红了。"要是她突然哈哈大笑，我这脸往哪儿搁呢？"这想法使我陡地气愤若狂。我最后的确十分激动，而现在我的自尊心不知怎么又受到了伤害。沉默在继续。我恨不得把她一把推开。

"您有点……"她突然开口道，说了一半又停了下来。

但是我已经完全明白了：她的声音里颤动着的已经是另一样东西，已经不是先前那种生硬、粗鲁、不肯就范的腔调了，而是某种柔和的、羞人答答的神态，这种羞怯的神态使我自己不知怎么也突然自惭形秽，感到歉疚起来。

"什么?"我带着一种温柔的好奇心问道。

"您……"

"什么?"

"您有点……照本宣科似的。"她说,好像在她的声音里又突然听到某种嘲弄的口吻。

她这话刺痛了我。我没料到她会这样说。

我居然不明白,她这是故意用嘲弄做伪装,这是羞怯的、心地纯洁的人惯用的最后手法,因为有人粗鲁地、死乞白赖地硬要钻进他们的心灵,而他们由于自尊心作祟直到最后一刻都不肯就范,害怕在您面前流露出自己的感情。根据她欲说还休,直到最后才决定说出来的怯怯的神态,我本来就应当猜得出来嘛。可是我却没有猜到,我心里的气不打一处来。

"你等着吧。"我想。

7

　　"哎，得啦，丽莎，什么照本宣科不照本宣科的，作为旁观者，我自己都觉得恶心。再说我也不是旁观者。现在这一切都在我心里苏醒了……难道，难道在这里你自己就不觉得恶心吗？不，看来，是习惯成自然！鬼知道习惯会把一个人弄成什么样子。难道你当真以为你永远不会老，你会永远漂亮，这里会永生永世地养活你吗？这里的淫秽下流……我就不去说它了。我想说说你现在过的日子：你现在虽然年轻、标致、漂亮，心地好，又多情；可是，你知道吗，就拿我说吧，方才我刚刚醒来，看到我在这里跟你睡在一起，立刻就感到一阵恶心！仅仅因为喝醉了酒，我才会到这里来。要是你换个地方，像好人们一样生活，说不定，我不仅会追求你，而且简直会爱上你的，你看我一眼，我都会觉得高兴，更不用说跟你说话了；我会在大门口守候你，我会在你面前长跪不起；我会像看未婚妻一样看着你，还会认为这是我的荣幸。我不敢对你有什么非分之想。可是在这里我知道，只要我吹声口哨，不管你愿意不愿意，你就得跟我来，不是我根据你的意志行事，而是你必须遵从我的吩咐办事。最苦的农民被别人雇去当长工——毕竟不是将整个人卖身为奴，而且他知道他是有期限的。可是你的期限呢？你好好想想：你在这里付出的是什么？你出卖的是灵魂，灵魂，你无权掌握自己的灵魂，你把灵魂与肉体一起出卖了。你把自己的爱出卖给任何一个醉鬼去肆意蹂躏。爱！要知道，这就是一切，要知道，这是钻石，是处女的珍宝，这爱！要知道，为了赢得这爱，有人不惜牺牲，不惜出生入死。可是现在人家把你的爱看成什么了？你整个儿被出卖了，整个人，完全、彻底地被出卖了。既然没有爱也能办到一切，干吗还要争取你的爱呢。要知道，对一个姑娘再没有比这更屈辱的了，你明白吗？瞧，我听说，他们安慰你们这些傻姑娘——允许你们在这里有情人。要知道，这简直是拿你们消遣，简直是骗局，简直在耍笑你们，可你们却信以为真。他，这情人，难道当真会爱你吗？我不信。如果他知道马上就会有人把你从他身边叫走，他怎么会爱你呢。真要这样，他不成淫棍了。他会对你有一丝一毫的尊重吗？你跟他有什么共同点呢？他只会嘲笑你和把你偷窃一空——这就是他对你的全部爱！他不打你就算好的了。他会打你也说不定。如果你有这样一个人，你不妨问问他：他会娶你吗？他会冲你哈哈大笑，如果不是啐你几口或者揍你一顿的话——而这个人自己的全部价值，只值两个破铜板也说不定。你想想，你干吗要为这在这里毁掉自己的一生呢？鸨母让你喝咖啡让你吃饱饭又怎么样呢？要知道，她究竟为了什么才给你饭吃呢？换个懂得羞耻的姑娘，恐怕这样的饭连一口也咽不下去，因为她知道给她饭吃究竟为了什么。你在这里欠了债，你将会一直欠下去，一直欠到底，直到客人嫌弃你不要你了为止。这一天会很快到来的，别以为你还年轻。要知道，这一切来得很快，就像风驰电掣般飞也似的。他们会把你轰出去。而且还不是简简单单地轰出去，而是先要长期地对你横挑鼻子竖挑眼，数落你，骂你——倒像不是你为她付出了自己的健康，为她白白地摧残了自己的青春和灵魂，倒像是你把她弄得倾家荡产，只好去讨饭，把她偷光抢光了似的。你别指望有人会同情你：你的别的女友为了讨好鸨母也会攻击你，因为这里所有的人都是奴隶，早就失去了良心和怜悯心。大家都变得卑鄙下流了，人世间就没有比这些辱骂更恶心，更下流，更气人的了。你在这里付出了一切，一切，舍身忘我——健康、青春、美貌和希望，二十二岁看去就像个三十五岁的半老徐娘，还好，假如没有病，为此得感谢上苍。要知道，你现在大概在想，你在这里也不用干活，成天作乐！世界上从来没有比这更沉重、更苦的工作了。似乎，整个心都泡在泪水里。把你从这里轰出去的时候，你都不敢说一句话，都不敢说半个不字，只好灰溜溜地走开。你换了个地方，后来又换了个地方，再后来又换到什么地方去，直到最后沦落到干草市场；那里打人是家常便饭；这是那里的见面礼。那里，客人不先揍你一顿就不会跟你亲热。你不相信那里会这样坏吗？你不妨抽空去看看，你也许会亲眼看见的。有一回，在过年的时候，我在大门口看见一个姑娘。因为她挨揍后嚎得太凶，里面的人就戏弄她，把她推到门外，让她在门外稍稍挨点冻，把她推出去后又把门关上了。第二天早上九点，她已经完全喝醉了，蓬头垢面，衣履不整，浑身是伤。她脸上则涂满了脂粉，眼睛周围全是青紫；鼻子在流血，牙缝在流血：这是一个马车夫刚才打她，修理过她。坐在石头台阶上，手里拿着一条咸鱼；她在号啕大哭，诉说着自己的'苦命'。边说边用咸鱼敲打着台阶。而台阶旁则围拢着一大帮马车夫和喝醉酒的大兵，在戏弄她。你不相信你也会落到这样的下场？我也不愿意相信，可是你凭什么知道，也许，十年，八年以前，这个手拿咸鱼的姑娘——从某个地方到这里来的时候，不是也像小天使一样娇娇滴滴、天真而又纯洁吗；她不知道什么是恶，每说一句话都要脸红。说不定也跟你现在一样，自尊心很强，动不动就生气，她不像其他姑娘，看起来就像个公主，她知道，爱上她又被她爱上的那个男人，一定会无比幸福。你瞧，结果怎样呢？如果，当那个喝醉了酒、蓬头垢面的姑娘用咸鱼敲打肮脏的台阶的时候，如果她在这时候想起她过去的岁月，当她还住在老家，还在上学，而邻居家的男孩则在半路上守候着她，向她保证他会一辈子爱她，他要把自己的命运交给她，他俩又一起讲好彼此永远相爱，一等他们长大他们就结婚！当她想到这些纯洁岁月的时候，她又会作何感想呢？不，丽莎。如果你能够在那里，在地窖的某个角落里，像不久前那个姑娘一样，因害痨病而很快死去，你倒有福，有福了。你不是说要去医院吗？能送你去当然不错，可是你欠了鸨母的钱，鸨母不让你走呢？痨病是这样一种病；它不同于热病。害这病的人直到最后一刻还存着希望，还说他没病。自我安慰。这可正中鸨母的下怀。甭担心，就这样；就是说，你出卖了灵魂，何况你还欠了钱，所以你都不敢说半个不字。而你就要死了，大家全都抛弃你，大家全都不理你，因为从你身上还能得到什么好处呢？还会指责你，说你白白地占了她们的地儿，还不快死。想喝口水也苦苦哀求不到，即使给你，也骂骂咧咧，说什么'你这贱货，什么时候咽气呀；吵得人没法睡觉——哼哼个没完，客人都烦你了'。这没错，我亲耳听到过这样的话。她们会把快要咽气的你塞到地窖的一个最让人恶心的角落——又黑又潮；你孤零零地躺在那里，那时候你思前想后，想到的是什么呢？你死了——旁人来匆匆收尸，唠唠叨叨，显得很不耐烦——没有一个人祝福你，没有一个人为你叹息，只想快点从肩上卸下你这包袱。买口破棺材给抬出去，就像今天抬那个可怜的姑娘一样，然后到小酒馆去祭奠你。墓坑里全是泥水，脏物，湿雪——对你还客气什么。'把她撂下去就得了，万纽哈；瞧，就这苦命，那姑娘不就是脚朝上出溜下去的吗，都一样。收绳子，冒失鬼。''就这样，拉倒吧。''拉倒什么呀？瞧，她还侧着身子哩。她好歹也是人吧？好了好了，埋土。'因为你，他们都懒得骂人了。尽快用些又湿又黑的烂泥埋上，就去了酒馆……你到人世来了这一趟也就完了，没人记得你；其他人还有孩子上坟，有父母，有丈夫，而你呢——没有眼泪，没有叹息，没有祭奠，没有一个人，没有一个人。整个世界上没有一个人会给你上坟；你的名字就从地面上消失了——这样，就像从来根本没有你这个人似的，从来没有出生过！周围是一片泥泞和沼泽，每到半夜，死人们会坐起来，哪怕你敲自己的棺材盖：'好人们呀，放我到世界上来再活几年吧！我活过——但是没有过过好日子，我这辈子都给人家当擦桌布了；我这辈子都被人在干草市场的酒馆里喝掉了；好人们哪，放我到世界上来再活几年吧！……'"

我讲得慷慨激昂，激昂得差点哽咽起来，于是……我突然停下来，恐惧地抬起身子，害怕地侧过头去，心在怦怦地跳，我开始侧耳倾听。我不无理由地感到很窘。

我早就预感到了，我把她的整个心都翻了个过儿，我让她心碎了，我越是对此感到满足，我就越希望快点，而且尽可能强烈地达到自己的目的。逢场作戏，这逢场作戏使我感到神往；不过，不仅仅是逢场作戏……

我知道，我讲得太紧张，太做作，甚至太书卷气了，总之，除了"仿佛照本宣科"以外，我也不会做别的。但是这并没有使我感到不好意思；因为我知道，我预感到，我的话她会听进去的，这种书卷气只会更加有助于我达到自己的目的。但是现在达到效果以后，我倒突然害怕起来。不，我还从来没有见过这样的绝望！她趴在床上，把脸紧紧地埋在枕头里，两手抱着枕头。好像她的心都被撕碎了。她的整个年轻的身体抽风似的不住发抖。积聚在胸中的号哭挤压着她，又突然变成号啕痛哭和一声声喊叫迸发出来。于是她就更深地把头埋进枕头：她不愿意这里有任何人，哪怕就一个活人知道她内心的痛苦和眼泪。她咬着枕头，把自己的胳臂都咬出了血（我后来看到了），或者用手指死命抓住自己散乱的辫子，强忍着，一动不动，屏住呼吸，咬紧牙关。我本来想开口对她说点什么，请她安静下来，但是我感到我不敢，于是我突然浑身打着寒战，几乎恐怖地，摸索着跳下了床，凑合着匆匆穿上衣服，拿起东西，想赶快离开这里。屋子里很黑：不管我怎么使劲，但就是没法很快穿戴好。突然我摸到了一盒火柴和一个蜡烛台，上面还插着一整支没有用过的蜡烛。当蜡烛光刚刚把屋子照亮，丽莎就突然一跃而起，坐了起来，面孔扭曲，脸上挂着半疯狂的微笑，几乎失神地望着我。我坐到她身边，拿起她的两只手；她醒悟过来，扑到我身上，想拥抱我，但又不敢，只好在我面前文静地低下了头。

"丽莎，我的朋友，我不应该……请你原谅我。"我开口道，但是她用力握了握我的两只手，我立刻明白了，我说的不是那么回事，于是闭上了嘴。

"这是我的住址，丽莎，请有空到舍下来坐坐。"

"我会来的……"她坚决地低声说，仍旧没有抬起头来。

"那我现在走了，别了……再见。"

我站起身来，她也站了起来，突然满脸通红，打了个哆嗦，抓起放在桌上的披巾，披在自己肩上，一直围到下巴颏。她做完这事后又似乎痛苦地微微一笑，红了红脸，神态异样地看了看我。我心中感到一阵隐痛；我急忙走开，急忙溜之大吉。

"等等。"她突然说，已经走到门厅，快到门口了，她伸手拉住我的大衣，让我停下来，她急忙放下蜡烛，跑了回去——大概想起了什么，或者想把什么东西拿给我看。她跑回去时，满脸通红，脉脉含情，嘴上挂着一丝微笑——这是怎么回事？我只好等她；不多一会儿，她回来了，她那神态好像有什么事在求我原谅似的。总之，这已经不是方才那张脸和那副神态了——原来的神态是忧郁的、不信任的、倔强的。现在她的神态是请求的、柔和的，同时又是信任的、亲热的、怯生生的。当孩子们爱什么人并向他请求什么的时候，就常常会用这样的神态看人。她的一双眼睛是浅栗色的，非常美丽、活泼，其中既能映射出爱，又能映射出阴郁的恨。

她并不向我解释什么——倒像我是某个高级神灵，不用解释就应当知道一切似的——她递给我一张纸。在这一刻，她的整个脸焕发出一种最天真的、几乎是孩子般的喜悦。我打开一看，这是某个医学院的学生写给她的一封信或者诸如此类的东西——这是一封充满华丽的辞藻，但又非常恭敬的求爱信。现在我已记不清原话了，但是我记得很清楚，在崇高华丽的措辞背后显露出一片真情，这是假装不出来的。当我读完后，遇到她那热烈的、好奇的和孩子般迫不及待的目光在看着我。她的两只眼睛牢牢盯住我的脸，在迫不及待地等着——我究竟会说什么？她匆匆地、三言两语地，但是又有点高兴地、似乎自豪地向我解释道，有一回，她在某处参加一个舞会，在一个有家有室的人家，他们都是些"很好很好的人，都是些**有家室的人**"，他们还"**什么都不知道，完全不知道**"，因为她在这里还只是初来乍到，不过是逢场作戏……还根本没拿定主意留下来，等把债还清了，一定走……就在那里遇见了这位大学生，他跟她跳了一晚上舞，说了一晚上话，原来他还在里加，还在很小的时候就跟她认识，常常在一起玩，不过这是很早以前的事了——他还认识她的父母，不过关于**这事**他还什么什么什么

223

都不知道，也不曾有过丝毫怀疑！于是就在舞会后的第二天（也就是三天前），他通过跟她一起去参加晚会的她的一名女友捎来了这封信……而且……嗯，这就是全部情况。

当她说完后，她好像有点害羞似的低下了她那脉脉含情的眼睛。

可怜的她像保存着珍宝似的保存着这个大学生的信，并跑去拿她这件唯一的宝贝，她不愿意我走后还不知道也有人真心实意地爱过她，也有人敬重地跟她说过话。大概，这封信注定要放在她的小匣子里，再没有下文。但是反正一样，她一定会一辈子珍藏着这封信，把它当作宝贝，当作自己的骄傲和对自己的辩白，比如现在，在这样的时刻，她就主动想起了和拿来了这封信，她想拿它在我面前天真地自豪一番，在我的心目中恢复她的本来面目，让我也看得见，让我也夸奖她几句。我什么话也没有说，握了握她的手就走出去了。我真想快点离开这里……我一路步行，尽管雨雪霏霏，还在鹅毛般地下个不停。我筋疲力尽，既感到压抑又感到困惑。但是在这困惑背后已经透露出真实的光。这可恶的真实！

8

    然而，我并不是很快就承认这真实的。经过几小时铅一般沉重的熟睡之后，第二天醒来，我并没有立刻想清楚昨天一整天到底发生了什么，我甚至对昨天我跟丽莎的**多愁善感**和"昨天这整个恐怖与怜悯"感到惊讶。"居然会发作这种娘们般的神经衰弱，呸！"我认定。"把我的住址塞给她又所为何来？要是她真来了咋办？不过，也好，要来就来吧；没什么大不了……"但是，**显然**，现在主要的和最要紧的不是这事：必须赶紧，并且无论如何要快，在兹韦尔科夫和西蒙诺夫的心目中挽救我的声誉。这才是主要的事。至于丽莎，那天早晨，我一忙甚至完全给忘了。

首先必须归还昨天欠西蒙诺夫的钱。我决定一不做二不休：向安东·安东诺维奇借他整整十五个卢布。赶巧，那天早晨他心情极好，我一提出来，他就立刻借给了我。我一高兴，写借条时就摆出一副很帅气的样子，**大大咧咧**地告诉他，说我昨天"跟朋友们一起在 Hotel de Paris 撮了一顿；为一个朋友，甚至可以说总角之交送行，您知道吗——他是一个大酒鬼，从小娇生惯养——嗯，当然，好人家出身，有一笔可观的财产，前途无量，很风趣，很可爱，偷香窃玉，跟一些太太们胡搞，您明白吗：我们多喝了两瓶'足有半打'，还有……"要知道，这没什么；这一切都说得很轻松，很随便，而且扬扬得意。

回到家后，我立刻给西蒙诺夫写了一封信。

直到现在，每当我想起这封信所表现出来的真正绅士气派的、和善的、豁达大度的口吻，我就十分得意。措辞巧妙而又风度高雅，而主要是完全没有多余的话，我把一切都归罪于自己。我为自己开脱道（"如果你们还允许我为自己辩白的话"），这完全是因为我不习惯饮酒，刚喝了第一杯就醉了，这酒（似乎是这样）还在他们到来之前就喝了，从五点到六点，当时我正在 Hotel de Paris 等他们。我主要请求西蒙诺夫原谅；并请他向所有其他人，尤其是向兹韦尔科夫转达我的解释——"我像做梦似的依稀记得"，我似乎侮辱了他。我又补充道，我本该亲自登门向大家道歉的，但是因为头疼，而最主要是——感到羞愧。我特别得意的是这种突然形诸笔端而且胜过所有理由的"某种轻描淡写"，甚至几乎是漫不经心（不过十分得体），这就使他们明白，我对"昨天的恶劣表现"自有我自己相当独到的看法，完全，而且根本不像你们诸位可能想象的那样，垂头丧气，一蹶不振，而是相反，我对此的看法就像一位态度从容、自尊自重的绅士对问题应有的看法那样。正如俗话所说，往事已矣，不以成败论英雄。

"要知道，这甚至有几分西方侯爵的游戏之笔？"我把这封短信又读了一遍，欣赏道，"而这一切盖由于我是个思想发达的、有文化的人！"其他人处在我的地位大概就不知道怎么脱身了，可我却金蝉脱壳，又可以去大吃大喝了，而这盖由于我是个"当代的有文化而又思想发达的人"。可不是吗，也许，这一切盖由于我昨天多喝了点酒。唔……不，不是因为酒。从五点到六点，我等他们的时候，我根本就没有喝酒。我对西蒙诺夫说了谎；甚至现在也不感到羞耻……

不过，我才不在乎呢！主要是我支吾其词地脱身了。

我把六个卢布放进了信封，封好信，请阿波罗拿去送给西蒙诺夫。阿波罗听说信里有钱，便肃然起敬，同意去跑一趟。傍晚时我出去走走。我的头从昨天起还在疼，还是晕晕乎乎的。但随着黄昏来临和暮色越来越浓，我的印象也随之变换，变得乱糟糟的，而在这之后，思想亦然。在我身上，在心灵深处和良心中，有什么东西在蠢动，不肯消散，表现为一种剧烈的苦恼。我多半在人最多、手工作坊最稠密的街道上挤来挤去，小市民街①呀，花园街呀，尤苏波夫花园附近呀，等等。我尤其喜欢在暮色苍茫时在这些街上踯躅，因为那时候在那里各式各样的行人和手艺人，常常带着心事重重的恶狠狠的脸色，白天干完活后各自回家，人越来越多。我喜欢看到的正是这种廉价的忙乱和这种赤裸裸的平庸乏味。这一次，这整个街道上的熙来攘往更加使我感到心里乱糟糟的。我怎么也没法使自己的心平静下来，怎么也理不出个头绪。有种什么东西在我心中不断地翻腾，使我痛苦，不肯平息。我心烦意乱地回到家里。倒像我犯了什么罪，有一种负罪感压在我的心头。

丽莎会来，这一想法经常折磨着我。我感到奇怪的是，在所有这些关于昨天的回忆中，一想起她，不知怎么特别地和完全单独地折磨着我。关于其他所有

---

① 旧时彼得堡的小市民街有三条：小市民大街、小市民中街和小市民小街。

的事，傍晚前我已经完全忘了，不予理睬，甚至对我写给西蒙诺夫的信还依然感到很得意。但是对这事不知为什么我并不感到得意。倒像只有这丽莎使我寝食难安似的。"她要是当真来了咋办？"我不停地想。"行啊，没什么，让她来好了。唔。糟糕的只是：她将会看到，比如说，我是怎样生活的。昨天我在她面前表现得这样……英雄……而现在，唔！这简直糟透了，我竟这样潦倒。屋里简直像叫花子。我昨天竟会决定穿着这样的衣服去赴宴！再看我这张漆皮沙发，里面塞的纤维团都露出来了。再看我身上的这身睡衣，简直衣不蔽体！简直破破烂烂……而她将会看到这一切；将会看到阿波罗。这畜生说不定会侮辱她。他肯定会对她没茬找茬，给我难堪。而我呢，不用说，照例会心虚胆怯，开始在她面前踏着碎步，用睡衣的衣襟遮羞，开始一个劲地赔笑，开始撒谎。噢，太恶心啦。何况，最让人恶心的还不在这儿。这里还有某种更主要的东西，更恶劣，更下流的东西！对，更下流！

231

又要，又要戴上这可耻的面具了！……"

想到这里，我脸上陡地通红：

"干吗可耻？可耻什么？昨天我说的是真心话。我记得，我心中也曾有过真正的感情。我正是要唤起她心中的高尚的感情……如果她哭了，这很好嘛，这将会起到有益的作用……"

但是我还是怎么也安静不下来。

这整个晚上，那时我已经回到了家，已经过了九点，据估计，这时候丽莎是无论如何不会来的了，我还是神情恍惚地似乎看到她，主要是总看到她的同一个姿态。也就是我昨天印象特别深刻的那个姿态：当时，我刚划了根火柴，照亮了房间，看到她那苍白的、扭曲的脸和她那痛苦的目光。这一刻，她脸上的微笑是多么可怜，多么牵强，多么凄苦啊！但当时我还不知道，在隔了十五年之后，每当我想起丽莎，她还是带着这样一种可怜而又凄苦的不必要的笑容，就像她在那一刻一样。

第二天，我已经又准备认为这一切不过是我胡思乱想，神经受到刺激，而主要是我**大惊小怪**的结果。我一向意识到我的这根弦特别弱，有时候甚至很怕它："我越是大惊小怪，就越会得这毛病。"我每时每刻都在向自己念叨。但是话又说回来，"话又说回来，也许丽莎当真会来也说不定"。——我当时思前想后，想到后来，就会出现这样的叠句和副歌。我怔忡不安，有时都要发狂了。"会来的！肯定会来的！"我在屋里来回奔跑，大叫，"今天不来，明天肯定会来，肯定会找到我！所有这些**纯洁心灵**的浪漫主义就是这样可恶！噢，这些'低劣的感伤的灵魂'是多么讨厌，多么愚蠢，多么目光狭小啊！唉，我怎么会不明白，真是的，我怎么就不明白呢？……"但是想到这里我主动停了下来，甚至觉得十分尴尬。

"只需要很少，很少，"我捎带想道，"只需要很少几句话，只需要很少几句田园诗（何况这田园诗还是假的，书本上抄来的，胡编乱造的），就足以按照自己的想法打动一个人的心！这就是少女的纯真！这就是天真未凿的心田！"

有时候我也曾想到干脆自己去看她，"向她说明一切"，求她不要来看我。但是想到这里，我心中会突然升起一股无名火，如果她出现在我身旁，真恨不得把这"可恨的丽莎"掐死，侮辱她，唾弃她，赶走她，打她！

然而过去了一天，两天，三天——她始终没有来，于是我也就平静了下来。每逢九点以后我就特别兴奋，兴奋得睡不着觉，有时候甚至开始幻想，甜甜蜜蜜地幻想：比如说，我要挽救丽莎就要让她常常来看我，而我则告诉她……我要开导她，教育她。最后我发现她爱我，热烈地爱我。我假装不懂（不过我也不知道干吗要假装，大概，为了美吧）。最后，她非常不好意思而又十分妩媚地浑身发抖，痛哭着扑到我的脚下，说我是她的救命恩人，她爱我胜过爱世上的一切。我吃了一惊，但是……"丽莎，"我说，"难道你以为我没有发现你在爱我吗？我看到了一切，我猜到了，但是我不敢头一个说出来，占有你的心，因为我对你有影响，我怕你出于感激故意强迫自己来报答我的爱，自己强迫自己唤起一种也许你本来没有的感情，但是我不愿意这样，因为这是……专制……这不礼貌（嗯，总之，这时候我信口开河，模仿某种欧洲的、乔治·桑式的、难以解释的、高尚而又细腻的风格……）。但是现在——你是我的，你是我的人了，你纯洁，美丽，你是我最美丽的妻子。

> 要像名正言顺的主妇
> 勇敢而自由地走进我的家！①

　　然后我们就开始安闲度日，出国旅游，等等，等等。"总之，我自己都感到恶劣，到最后，我吐了吐舌头，把自己嘲笑了一番。

　　"不会放她这个'贱货'出来的！"我想，"要知

---

① 　涅克拉索夫的诗《当我用热情的规劝》（1845）的最后两行。

道，好像不太让她们出来玩，尤其是晚上（不知道为什么我总觉得她肯定是晚上来，而且一定是七点钟）。不过，她曾经说过，她在那里还没有完全卖身为奴，还享有一点特权；这说明，唔！他妈的，会来的，她肯定会来的！"

还好，这时候阿波罗干了些混账事，分了我的心。他简直使我忍无可忍！他是我身上的痈疽，是上天派来惩罚我的祸害。我和他经常互相挖苦，已经连续好几年了，我恨透了他。我的上帝，我多么恨他啊！在我一生中。似乎我还从来没有像恨他那样恨过任何人，特别在有些时候。他是个上了年纪的人，傲慢无礼，过去还当过一阵子裁缝。但是不知道为什么他竟不把我放在眼里，甚至做得十分过分，他对我总是十分傲慢，令人忍无可忍。不过，他对所有人都很傲慢。只要看看这个梳得油光滑溜的浅黄色头发的脑袋瓜，看看他在脑门上梳得高高的、抹了不少菜油的发型，看看他那总是挂着一副狞笑的大嘴——您就会感到在您面前的是一个从不怀疑自己的人。他是一个爱吹毛求疵到极点的人，在这世界上，我还从来没有遇到过一个比他更爱吹毛求疵的人了。此外，自尊心还很强，除非马其顿国王亚历山大才配有这样的自尊心。他热爱自己的每个纽扣，热爱自己的每片指甲——一定是热爱，因为他那副神气就是这样。他对我的态度专横到极点，他极少跟我说话，即使抬头看我，那目光也是硬撅撅的，神气活现，自以为是，经常带着嘲笑，有时简直使我发狂。他常常带着这样一副神态来履行自己的职责，倒像他给了我天大的恩惠似的。不过，他几乎不为我做任何事，甚至根本不认为他应当做任何事。不可能有任何疑问：他认为我是全世界最没出息的傻瓜，如果说他"把我留在他身边"，那也仅仅是因为他每个月可以从我这里拿到工钱。他同意在我这里"什么事情也不做"，每月拿我七个卢布工钱。因为这点，他才原谅了我的许多罪过。有时候我简直恨透了，即使只看到他走路的样子，我都气得差点要抽筋。但是我最讨厌的是他说话爱咬舌儿。他的舌头可能比一般人稍长，或者与此类似，因此他说话经常模糊不清，爱咬舌儿，似乎，他对此还感到非常得意，满以为这样会极大地抬高他的身价，使他显得器宇不凡。他说话的声音很低，慢条斯理，从容不迫，两手背在背后，低着头，看着地面。他把我尤其气得发疯的是，常常，他爱在隔壁他自己的屋里念《诗篇》[①]。因为这念诵，我常常跟他干仗，受尽了洋罪。但是他非常喜欢在晚间用低低的、不紧不慢的声音，拉着长腔念《诗篇》，像追悼亡魂似的。有意思的是到头来他居然以此为生：他现在常常受雇于人，为死人念《诗篇》，与此同时还兼管消灭老鼠和做鞋油。但在当时我没法赶走他。倒像他与我的存在合而为一，发生了化学变化似的。再说他自己也无论如何不同意离开我。我住不起带家具的高级公寓：我的住所就是我的私邸，我的外壳，我的套子，我必须躲到里面才能逃避全人类，而阿波罗，鬼知道为什么，我觉得他就好像属于

[①]　亦称《圣咏集》，《旧约》中的一卷，凡150篇。

这住所的一部分似的，整整七年我都没法轰他走。

比如说，要拖欠他的工钱，哪怕拖欠两天或者三天，是办不到的。他肯定会制造事端，把我闹得鸡犬不宁，不知躲到哪儿去是好。但是这几天我对所有的人都没好气，因此我决定（也不知因为什么和究竟要干什么）要惩罚他一下，先不给他工钱，再拖他两星期。我早就（约莫两年了）准备这么做——唯一的目的就是要向他证明，不许他对我耀武扬威，如果我愿意，随时都可以不给他工钱。我决定先不告诉他这件事，甚至故意保持沉默，目的是压压他那傲气，让他自己先开口谈工钱的事。那时候我再拉开抽屉，把七个卢布全掏出来给他看，让他看到我有钱，但是故意放着，因为我"不愿意，不愿意，就是不愿意付给他工钱，不愿意，因为我愿意这样"，因为"我是你的主人，我愿意"这么干，因为他对我不敬，因为他为人粗鲁，举止无礼，但是，如果他恭恭敬敬地求我，我倒会心一软，给他也说不定。要不然他就得再等两星期，三星期，甚至整整一个月……

但是不管我怎样发脾气，最后还是他得胜了。我连四天也没能坚持下来。他先从遇到这类情况时惯常的做法做起，因为这类情况已多次出现，而且屡试不爽（我要指出的是，他这样做我早就知道了，我已经熟知他那一套卑鄙伎俩），也就是，他先对我目露凶光，怒目而视，连续好几分钟盯着我，尤其是看见我回家或者送我出门的时候。比方说，如果我经受住了这目光，并且佯装视而不见，他就会一如既往地、默默地开始进一步折磨。他会突然无缘无故地，悄悄地和从容不迫地走进我的房间（当时我正在屋里走来走去或者读书），站在门口，将一只手背在背后，伸出一条腿，然后把自己的目光笔直地射向我，这时他已不只是怒目而视了，而是充满了轻蔑。如果我突然问他，他有什么事——他会一言不发，继续盯着我，再看几秒钟，然后才有点异样地闭上嘴，带着一副意味深长的样子，在原地慢慢地转过身，再慢慢地走回自己的房间。过了约莫两小时，他又会突然走出来，又会如法炮制地出现在我面前。有时也会出现这样的情况，我一气之下已经不想问他他要干什么了，而是干脆不客气而又命令式地抬起头来，也开始目不转睛地紧盯着他。常常，我们就这样你看我我看你地互相看了两三分钟；最后他才转过身，慢悠悠而又傲慢地走出去，在自己屋里又待上两小时。

如果我经此开导仍不开窍，继续负隅顽抗，他就会瞧着我突然长叹一声，似乎要用这声叹息来衡量我到底道德败坏到了何等地步，不用说，最后的结局是他大获全胜：我大怒，我喊叫，但是那件互不相让的事，还是不得不照办。

这一回"怒目而视"的手法才刚刚开始，我就立刻勃然大怒，气势汹汹地向他猛扑过去。本来我就一肚子火。

"站住！"我狂怒地叫道，这时他正一只手背在背后，慢慢地、默默地转过身去，准备走回自己的房间，

"站住！回来，回来，叫你回来你听见没有！"大概，我的吼声一反常态，他居然回过身来，甚至有点诧异地开始打量我。然而，他继续一言不发，把我的肺都气炸了。

"你怎敢不得我的允许随便进来，而且这么看我？说呀！"

但是他镇静地看了看我，看了大约半分钟，又开始转过身去。

"站住！"我冲到他身边吼道，"不许动！就这样。你现在回答：你干吗走进来看我？"

"如果您现在有什么事情吩咐，我就去照办。"他又是沉默片刻后才回答，低声而又不紧不慢地拿腔拿调，还扬起眉毛，处之泰然地把脑袋从一个肩膀歪到另一个肩膀，而且在做一切的时候神态异常镇定。

"我问你的不是这个，不是这个，刽子手！"我叫道，气得浑身发抖，"我要问你，刽子手，你自己，你到这里来干吗：你看到我不付给你工钱，你自己由于自尊心作怪，又不愿意低头——不愿意求我，因此你才带着你那愚蠢的目光前来惩罚我，折磨我，而且你这刽子手也不想一想，这有多蠢，多蠢，多蠢，多蠢，多蠢！"

他一声不响地又要转过身去，但是我一把抓住他。

"听着！"我向他嚷道，"这是钱，你看见啦；这是钱！（我从抽屉里掏出钱）整整七卢布，但是就不给你，就不给你，一直到你恭恭敬敬地低头认错，求我原谅。听见啦！"

"办不到！"他带着有悖常理的自信回答道。

"就办得到！"我嚷道，"我用人格担保，就办得到！"

"我没有什么事要求您原谅，"他继续道，仿佛根本就没注意我的喊叫似的，"因为您常骂我'刽子手'，因此我随时都可以到派出所去告您侮辱人格。"

"去呀！去告呀！"我吼道，"马上就去，立马就去！到头来，你还是刽子手，刽子手，刽子手！"但是他只是看了看我，接着就转过身，已经不再理会我呼天抢地的喊叫了，泰然地、头也不回地向自己的房间走去。

"如果不是丽莎，也就不会有任何这类事了！"我暗自认定，接着我傲慢而又庄严地站了约莫一分钟，但是却带着一颗慢慢地、剧烈地跳动的心，亲自走过去，到屏风后面去找他。

"阿波罗！"我一字一顿但又气喘吁吁地低声道，"马上去，一刻也不许耽搁，去请派出所所长！"

当时他已经在自己的桌旁坐了下来，戴上眼镜，拿起什么东西要缝。但是，一听到我的吩咐，他突然扑哧一声笑了出来。

"马上就去，立刻就去！——去，或者，你都想不到会发生什么事！"

"你当真疯啦。"他说，甚至头都没抬，跟过去一样慢悠悠地拿腔拿调，继续纫着针眼，"哪儿见过一个人自己跟自己过不去，去找长官的？至于害怕——您甭自找苦吃啦，因为——什么事也不会发生。"

"去呀！"我抓住他的肩膀尖叫道。我感到我会立刻动手打他。

但是我根本没有听见，就在这一刻，从门厅进来的那扇门突然轻轻地、慢慢地被人推开了，一个人走了进来，停住了脚步，开始困惑地打量着我们俩。我抬头一看，羞得差点闭过气去，拔脚跑回了自己的房间。我在那里，用两手抓住自己的头发，用头顶住墙，就这么待着，一动不动。

过了约莫两分钟，传来了阿波罗的慢悠悠的脚步声。

"那里有个**女的**找您。"他说，特别严厉地看着我，接着往边上靠了靠，让丽莎走了进来。他竟不想离开，还嘲笑地端详着我们俩。

"走！走！"我不知所措地命令道。这时我那挂钟声嘶力竭地敲了七点。

9

要像名正言顺的主妇

勇敢而自由地走进我的家！

—— 引自同一首诗

我站在她面前垂头丧气、似乎受到奇耻大辱，满面羞惭，那神态着实令人厌恶，我强作笑颜，竭力裹紧我那件破破烂烂的棉睡衣 —— 就跟不久前我在精神沮丧时想象的情形一样。阿波罗在我们身旁站了约莫两分钟，终于走开了，但是我并没有因此而感到轻松。

最糟的是她也突然不好意思起来，不好意思得甚至完全出乎我的意料。不用说，是因为看见我那模样。

"请坐。"我机械地说，搬给她桌旁的一把椅子，自己则坐在长沙发上。她立刻顺从地坐了下来，睁大了两眼看着我，显然在等我说什么。正是这种天真的等待使我的气不打一处来，但是我克制住了自己。

这时候最好是竭力装做什么也没看见，好像一切都很平常，可她……于是我模糊地感到，她将**对这一切**付出沉重代价。

"你恰好碰到我处在这种尴尬境地，丽莎。"我结结巴巴地开口道，我也知道最不应当的就是这么开头。

"不，不，你不要往别处想！"我叫道，因为我看到她突然脸红了，"我并不以我的贫穷为耻……相反，我对我的贫穷感到骄傲。我穷，但是我高尚……一个人可以穷而高尚。"我喃喃道，"不过……你要喝茶吗？"

"不……"她正要开口。

"请稍等！"

我急忙站起身来，跑去找阿波罗。总得找个地方先躲一躲，藏一下羞吧。

"阿波罗，"我像发寒热病似的急促地小声道，一面把一直握在我手里的那七个卢布甩到他面前，"给你工钱；瞧，我给你工钱了；但是你必须救我：立刻到饭馆去买壶茶和十片面包干来。如果你不愿意去，你就会把我变成一个不幸的人！你不知道，这是个多好的女人啊……她就是一切！你也许在转什么鬼念头了……但是你不知道，这是一个多么好的女人啊……"

阿波罗已经坐下来干活，已经重新戴上了眼镜，起先，他并没有放下针，只是默默地斜过眼去看了看钱；然后，他对我根本不予理睬，甚至一句话也不回答我，仍继续穿他的线。我站在他面前，à la Napoléon①两手贴紧裤缝，等了约莫三分钟。我的两鬓都被汗水打湿了；我自己则脸色苍白，我感觉到了这

① 法语：拿破仑式的。

点。但是，谢谢上帝，他看着我那样子，大概动了恻隐之心。他穿好线，慢悠悠地从座位上微微站了起来，慢悠悠地挪开了椅子，慢悠悠地摘下了眼镜，慢悠悠地数了数钱，终于侧过头来，越过肩膀问我：是不是买一整份？然后才慢悠悠地走出了房间。当我回去找丽莎的时候，半道上我蓦地灵机一动：能不能就这样，原来穿什么现在还穿什么，穿着睡衣，立刻逃跑，逃到哪儿算哪儿，以后爱发生什么就让它发生好了。

我又坐了下来。她好奇地望着我。我俩沉默了几分钟。

"我打死他！"我突然叫道，举起拳头使劲捶了一下桌子，捶得连墨水瓶里的墨水都洒了出来。

"哎呀，你这是干吗呀！"她打了个哆嗦，叫道。

"我要打死他，打死他！"我敲着桌子尖叫，简直气疯了。同时我也完全明白，这么气愤若狂有多愚蠢。

"你不知道，丽莎，对我，这刽子手算什么玩意儿。他是杀我折磨我的刽子手……他现在去买面包干了；他……"

我忽然涕泗滂沱，痛哭起来。这是一种突然发作。我在泣不成声中感到多么羞耻啊！但是我止不住哭泣。她吓坏了。

"您怎么啦！您倒是怎么啦！"她在我身边急得团团转，连声叫道。

"水，给我拿杯水来，就那儿！"我声音虚弱地喃喃道，其实我自己也意识到，我完全用不着喝水，也大可不必声音虚弱地喃喃连声。但是我为了保住面子，不得不所谓**逢场作戏**，虽然神经病发作倒是真的。

她给我端来了一杯水，不知所措地看着我。这时阿波罗拿来了茶。我忽然觉得，在发生了这一切之后，这普通而又平淡无味的茶真是太不成体统，太寒碜了。于是我的脸红了。丽莎甚至恐惧地看着阿波罗。他头也不抬地走了出去，没有看我们。

"丽莎，你不会看不起我吧？"我说，目不转睛地看着她，急得浑身哆嗦，我知道她在想什么。

她被我看得不好意思起来，什么话也回答不出来。

"喝茶呀！"我恶狠狠地说。我在生自己的气，但是，不用说，气都出在她身上了。我心中陡地怒火中烧，对她深恶痛绝，似乎恨不得杀了她。为了报复她，我在心中发誓，在整段时间里一句话也不跟她说。"她就是罪魁祸首。"我想。

我俩的沉默持续了五分钟左右。茶放在桌上；我们碰都没有碰，我甚至故意不开始喝茶，让她感到更尴尬；她自己又不好意思先喝。有好几次她伤心而又莫名其妙地看我一眼。我执意保持沉默。感到别扭的当然主要是我自己，因为我完全意识到这种愚蠢地迁怒他人是多么可恨而又可鄙，与此同时，我又无论如何克制不住自己。

"我想……完全离开……那里。"为了设法打破沉默，她开口道，但是，可怜的姑娘呀！在这本来就十分尴尬的时刻，对我这个本来就十分混账的人，一开头本来就不应当说这事嘛，由于可怜她的不善应变和不必要的直率，甚至我的心都开始感到一阵酸痛。但是我心中有一种岂有此理的东西又立刻把我的整个怜悯心一扫而光，甚至还变本加厉地撩拨我：但愿世界上的一切都完蛋！又过去了五分钟。

"我没有妨碍您吧？"她怯生生地、勉强听得见地开口道，说罢就开始站起来。

但是我刚一看到这种被伤害的自尊心冒出来的一小点火花，我就气得发抖，并且立刻乘机爆发。

"请问，你来找我干什么？"我气喘吁吁地开口道，甚至都不考虑我说话的逻辑次序。我只想把心里要说的话一股脑儿全说出来；我甚至不关心先说什么和后说什么。

"你来干吗？你回答！回答呀！"我差点忘乎所以地叫道，"我来告诉你，亲爱的，你来干什么。你来是因为当时我对你说了几句**可怜的话**。于是你就马上变得娇滴滴起来，你又想来听'可怜的话'了。那么对你明说了吧，要知道，我当时是取笑你。而且现在也在取笑你。你发什么抖？对，取笑你！在此以前我受了人家的侮辱，也就是跟我一起吃饭的那帮人，也就是当时比我先去的那帮人。我到你们那里去，为的是把其中的一个人，一个军官狠狠地揍一顿，但是没有揍成，他们走了；总得找个人出出气吧，把本翻回来，碰巧你赶上了，因此就迁怒于你，把你尽情取笑了一番。他们侮辱了我，因此我也想侮辱别人；他们把我撕扯成了一块抹布，因此我也想显示一下自己的威力……这就是那天发生的事，可是你却以为我当时存心来挽救你，是不是？你是这么想的吗？你是这么想的吗？"

我知道，她可能思绪紊乱，一时弄不清个中细节；但是我也知道，她肯定会十分清楚地懂得我说话的实质。结果还果然这样。她的脸变得像手帕一样煞白，她想说什么，她的嘴病态地扭曲了一下，但是她的两腿仿佛挨了一斧子似的，猛地跌坐在椅子上。在随后的时间里，她听着我说话，一直张大了嘴，瞪大了眼睛，惊慌万状地哆嗦着。我说的极端卑鄙无耻的话把她压倒了……

"挽救你！"我继续道，从椅子上跳起来，在她面前，在屋子里，跑来跑去，"挽救你什么！何况，说不定，我比你更坏。当我向你发表那篇宏论的时候，你干吗不唾我，啐我，说：'你来找我们干什么？难道来找我们说教吗？'我当时需要的是权力，权力，需要逢场作戏，需要痛哭流涕，需要你的屈辱和你的歇斯底里——我当时需要的正是这些！要知道，当时我自己也受不了，因为我是个窝囊废，吓破了胆，鬼知道我为什么傻呵呵地给了你住址。因此后来，我还没走到家，我就为给你这住址的事把你骂了个狗血喷头。因为当时我对你撒了谎，所以我恨你。因为我只是说说玩玩，脑子里随便幻想幻想，实际上我要的是，你知道是什么吗：我要的是你们彻底完蛋，我要的就是这个！我需要安静。为了让大家不来打扰我，我可以出卖全世界，一钱不值地把它卖掉。让全世界彻底完蛋呢，还是让我喝不上茶？我要说，宁可让全世界完蛋，但是必须让我永远能够喝上茶。你是不是知道这个呢？嗯？可我知道我是个恶棍，我是个自私自利的人，我是个懒虫。这三天来我一直在发抖，就怕你来。你知道这三天来我最担心的是什么吗？我最担心的就是这个：当时我在你面前表演得像个了不起的英雄，可现在你会突然看到我穿着这件破睡衣，看到我是个叫花子，是个下三烂。我方才跟你说，我并不以自己的贫穷为耻，那么你现在应当知道，我以贫穷为耻，引以为奇耻大辱，我最怕的就是穷，远胜过偷东西，做贼，因为我这人十分虚荣，就像有人扒了我的皮，一碰到空气就疼。难道你直到现在还不明白我永远不会原谅你吗，因为你碰到我穿着这件睡衣，碰到我像只恶狗似的扑向阿波罗。一个曾是匡救世人的英雄豪杰，居然像只浑身长疮的癞皮狗，扑向自己的用人，而那用人还嘲笑他！我永远不会原谅你，因为不久前你曾经看到我居然像个被羞辱的娘们似的，在你面前泣不成声，流泪不止！还有，我现在向你承认的事，我也永远不能原谅你！是的——你，你一个人应当对所有这一切负责，因为恰好全被你赶上了，因为我是个恶棍，因为我是世界上所有卑鄙的人中最丑恶、最可笑、最无耻、最愚蠢、最嫉妒成性的一个人，这些宵小之徒根本不比我好，但是鬼知道为什么他们就从来不觉得羞耻；可是我这辈子却受够了各种王八蛋的气——这正是我的一大特点！这些话你可能一句也听不懂，这跟我有什么关系！我才不管，我才不管，我才不管你的事呢，你在那里会不会完蛋，关我屁事！你明白吗：我把这话告诉了你，因为你在这里，并且听到了我的话，现在我是多么恨你啊？要知道，一个人一生中只会有一次这么直抒胸臆，而且还是在发作歇斯底里的时候！……你还要什么呢？在听了我的这番话以后，你干吗还要杵在我面前，折磨我，不肯走呢？"

但这时突然出现了一个奇怪的情况。

我已经习惯于按书本来思考和想象一切，并且总是习惯把世界上的一切想象成我自己过去在幻想中臆想的那样，因此当时我甚至对这种奇怪的情况居然没一下子明白过来。发生了这样的事：受到我侮辱和感到难堪的丽莎，远比我想象的要懂得多得多。她在这一切当中懂得了一个女人如果真心爱一个人就会首先懂得的东西，即我这人很不幸。

她脸上的恐惧感和受辱感，先是变成一种悲伤和惊愕。当我管自己叫坏蛋和恶棍，我的眼泪流下来时（我一直流着眼泪在发表我的这篇宏论），她的整个脸都好像抽风似的被扭坏了。她想站起来，不让我说下去；当我说完了，向她嚷嚷"你怎么还在这儿，怎么还不走呢"时，她注意的并不是我的喊叫，而是注意到，我说这些话时想必心里很难受。再说她也逆来顺受惯了，这可怜的姑娘；她认为自己比我低下得多，她哪会发火，哪会生气呢？她突然遏制不住地、冲动地从椅子上跳起来，整个人扑向我，但又依旧怯怯地，不敢挪动位置，只敢向我伸出双手……这时我的心翻了个过儿。于是她突然向我扑了过来，两只手搂住我的脖子，哭了起来。我也忍不住号啕大哭，我还从来没有这么哭过……

"他们不让我……我没法做一个……好人！"我好不容易说道，接着就走到沙发旁，倒在沙发上，在真正的歇斯底里中痛哭了大约一刻钟。她紧贴着我，搂着我，仿佛在这拥抱中昏厥过去了似的。

但是问题毕竟是，这歇斯底里总归要过去的。于是（要知道，我写的是极端丑恶的真实），我趴在沙发上，把脸深深地埋在我那蹩脚的皮靠垫里，我开始慢慢地、隐隐约约地、不由自主地、但是又克制不住地感觉到，我现在已经没脸再抬起头来直视丽莎的眼睛了。我为什么感到羞耻呢？——我不知道，但是我感到羞耻。我惊悸不安的脑子里还忽地想到，现在我俩的角色全变了，现在她倒成了英雄，我倒不折不扣地成了那天夜里（四天前）她在我面前充当的那个受尽凌辱和受尽压抑的角色……当我趴在沙发上的时候，我不由得想到了这一切！

我的上帝！难道我当时竟羡慕起她来了？

我不知道，直到现在我还无法断定，而在当时，当然，较之现在，我就更理解不了这到底是怎么回事了。不主宰别人和暴虐地对待别人，我就活不下去……但是……要知道，空谈是说明不了任何问题的，因此不必空谈。

然而，我还是克制住了自己，抬起了头：迟早总得把头抬起来吧……唉，我至今还坚信，正因为我羞于抬起头来看她，所以当时在我心里蓦地燃起另外一种感情……一种统治感和占有感。我的眼睛猛地一亮，燃起了欲火，我紧紧抓住她的两只手。当时我多么恨她，而在这一刻她又是多么吸引我啊！这两种感情在彼此强化。差点像是报复！……她的脸上先是流露出困惑，甚至类似恐惧，但转瞬即逝。她兴高采烈而又热烈地搂住了我。

10

　　过了一刻钟，我非常不耐烦地在房间里跑来跑去，还不时跑到屏风旁，从缝隙里张望丽莎在做什么。她坐在地板上，头靠在床上，想必在哭。但是她仍旧不走，这就激怒了我。这一回她已经全知道了。我彻底侮辱了她，但是……就不必说了吧。她明白，我的欲火冲动不过是报复，是对她新的侮辱，方才我只是近乎无对象的恨，现在又加上了一种对她**本人的、充满忌妒的**恨。话又说回来，我不敢肯定她是否清楚地明白了这一切；不过她完全明白我是个小人，主要是我没有能力爱她。

我知道有人会对我说，这是不可能的——不可能像我这样既坏又傻；说不定还会加上一句，不可能不爱她，起码不可能不珍惜她的这片痴情。为什么不可能呢？首先，我已经不能够再爱了，因为，我再说一遍，我的所谓爱就意味着虐待和精神上的优势。我一辈子都无法想象还能有与此不同的爱，甚至有时候我想，所谓爱就是被爱的人自觉自愿地把虐待他的权利拱手赠于爱他的人。我在自己地下室的幻想中想象的所谓爱，也无非是一种搏斗，由恨开始，以精神上的征服结束，至于以后拿被征服的对象怎么办，我就无法想象了。再说这有什么不可能呢，我已经道德败坏到这样的地步，我已经不习惯见到"活的生活"[1]了，方才我还想责备她和羞辱她，说她来找我是为了听我说"可怜的话"；而我自己居然没有想到，她此来根本不是为了听我说"可怜的话"，而是为了爱我，因为对于一个女人来说，爱就是全部复活，爱就是全部再生，

---

[1]　"活的生活"这一提法在19世纪的俄国文学界和政论界很流行，常见于斯拉夫主义者的笔下，屠格涅夫和赫尔岑也曾用过。其含义可参考《少年》中韦尔西洛夫的话："这儿说的生活不是想象的，也不是虚构的……这种生活一定十分单纯，极其平常，人们每日每时都能见到……"

不再堕落（不管是怎样的堕落），全部新生，除此以外，话又说回来，当我在屋里跑来跑去，在屏风后窥视她的时候，我并不十分恨她。我只是因为她在这里感到难受，感到受不了。我希望她销声匿迹。我想要"安静"，我想要一个人待在地下室。由于不习惯，"活的生活"使我感到一种压力，甚至呼吸都感到困难。

但是又过去了几分钟，她还是没有站起来，仿佛处在昏迷不醒的状态中。我也太没良心了，竟过去轻轻地敲了敲屏风，想给她提个醒……她突然打了个激灵，从原地站了起来，跑过去找自己的头巾、自己的帽子和皮大衣，倒像她急于要离开我，逃到什么地方去似的……两分钟后，她慢慢地从屏风后面走了出来，心情沉重地看了看我。我恶狠狠地微微一笑，不过笑得很牵强，**为了礼貌**，随即避开了她的目光。

"别了。"她向门口走去时说道。

我突然跑到她面前，抓住她的一只手，掰开她的手指，塞进……然后又握上。接着又立刻转过身去，尽快跑到另一个角落，起码可以不看见……

我本来想立刻撒个谎——说我这样做是无意的，是一时忘乎所以，张皇失措，是犯傻。但是我不想撒谎，因此我只好直说，我掰开她的手，塞到她手里……是一种恶意的嘲弄。当我还在屋里跑来跑去，她还坐在屏风后面的时候，我就想这样做了。但是我可以肯定：我做出这种残酷的举动，虽然是故意的，但不是出自内心，而是由于我的恶劣的脑袋。这个残酷的举动是我故意做出来的，纯属异想天开，故意作弄，十分迂腐，甚至我自己也立刻后悔不迭——起先为了看不见，我躲进一个角落，后来我又带着羞耻和绝望跑出去追丽莎。我推开通过道屋的门，开始倾听。

"丽莎！丽莎！"我向楼梯上喊，但是不敢大胆喊，而是压低了声音……

没有回答，我觉得我似乎听到下面楼梯上有她的脚步声。

"丽莎！"我又比较响地喊了一声。

没有回答。但是就在这时候我听到楼下关得很紧的那扇通大街的玻璃门嘎吱一声沉重地打开了，接着又砰的一声紧紧地关上了，响声一直传上了楼梯。她走了。我沉思着回到了房间。我心头感到非常难受。

我站在桌旁，站在她坐过的椅子旁，失神地望着前面。过去了大约一分钟，我突然打了个寒噤：在我的正前方，在桌上，我看到了……总之，我看到了一张揉皱的蓝色的五卢布票子，也就是一分钟前我让她握在手里的那张票子。肯定是那张票子；不可能是别的票子；我家也没有别的票子。可见，当我躲进另一个角落的时候，她把手里的票子扔到了桌上。

那又怎么啦？我早该料到她会这样做的嘛。我早该料到了？不。我这人自私自利到这种程度，实际上我是那么不尊重人，甚至我都想象不到她会这么做。这，我受不了。顷刻间，我像发疯一样，急忙跑去穿衣服，仓促间随便披上了一件什么衣服，就急忙冲出去追她。当我跑上大街的时候，她还没有来得及走出二百步。

大街上静悄悄的，在下雪，雪几乎垂直落下，在人行道和空旷的大街上好像铺上了一只大枕头。没有一个行人，也听不到一点声响。街灯在忧郁地、无益地闪烁着。我跑出去二百步，一直跑到十字路口，停了下来。

"她上哪了呢？我追她想干什么呢？干什么呢？向她下跪，因忏悔而痛哭流涕，亲吻她的脚，求她原谅！我想做的也就是这个；我的心整个儿碎了，我永远，永远不会漠然地想到这一刻。但是'我要干吗呢？'我不由得想道。难道因为我今天亲吻了她的脚，明天也许我就不会恨她了？难道我能够给她幸福吗？难道我今天不是第一百次地再次认清了自己的价值吗？难道我不会把她折磨至死吗？"

我站在雪地里，凝视着白茫茫的雪夜，想着这事儿。

"倒不如，倒不如，"后来，已经在家里了，我幻想着，我用幻想压下了心头的剧痛，"倒不如让她现在把这屈辱永远带走的好？要知道，屈辱能荡涤一切；这是一种最厉害、最痛苦的意识！明天我就可能用自己的所作所为玷污她的灵魂，使她心力交瘁。而现在这屈辱将永远不会在她心中泯灭，不管将来等待着她的污浊多么可憎——这屈辱将会用……恨……唔……也许还有宽恕……提高和净化她的灵魂……话又说回来，这一切会使她心头轻松些吗？"

说真的，我现在要给自己提一个无聊的问题：什么更好——廉价的幸福好呢，还是崇高的痛苦好？你说，什么更好？

那天晚上，我坐在自己家里，内心痛苦得差点活不下去，我精神恍惚地想了许多。我还从来没有经受过这么大的痛苦和懊悔不迭；但是难道还能有任何怀疑吗，我跑出家后，难道就不会在半道上再回来吗？以后我再没有见到丽莎，也没有听说过关于她的任何消息。我还要加上一句，尽管当时我差点没有烦恼得病倒，但是对于那句屈辱和恨将会带来什么好处的空话，我还是感到很得意，而且得意了很长时间。甚至现在，过去了如许年，一想起这一切，我都感到非常不舒服。现在有许多事我想起来都觉得难受，但是……写到这里是不是该结束我的这部《手记》了呢？我觉得我动手写这部《手记》就犯了个大错误。起码，我在写这部小说的时候一直感到很可耻：由此可见，这已经不是文学，而是改造犯人的刑罚。要知道，比如说，讲一些冗长的故事，描写我怎样独处一隅，因道德败坏，环境缺陷，在地下室里脱离活的生活以及追求虚荣和愤世嫉俗因而蹉跎了一生——说真的，这也太没意思了；小说里应当有英雄，可这里却故意收集了非英雄①的所有特点，而主要是这一切将给人以非常不快的印象，因为我们大家都脱离生活，大家都有缺陷，任何人都或多或少有这方面的毛病。甚至脱离生活到这样的程度，有时候对真正的"活的生活"反而感到某种厌恶，因此当有人向我们提到它时，我们

---

① 非英雄（антигерой），或译反英雄（指英雄的反面）。

就会觉得受不了。要知道，更有甚者，我们几乎把真正的"活的生活"当作就是劳动，几乎就是在官署里当差，我们都暗自同意，还是照书本上做为好。有时候我们干吗要蝇营狗苟，干吗要胡闹，干吗要孜孜以求呢？我们自己也不知道干吗。如果按我们那些乖戾的要求照办不误，我们只会更糟。嗯，你们不妨试试，嗯，比方说，你们不妨多给我们一些独立自主，给我们中间的任何人都放开手脚，扩大我们的活动范围，放松对我们的监护，那我们……我敢肯定：我们会立刻请求还不如回到有人监护的情形为好。我知道，你们也许会因此而生我的气，向我嚷嚷，向我跺脚，说什么"您说的是您一个人和您在地下室的那帮穷光蛋，因此不许您说'**我们大家**'"。对不起，诸位，要知道，我并不是用**大家**二字为自己辩护。至于我本人，要知道，我不过是在我的生活中把你们都不敢实行一半的事发展到极端罢了，而且你们还把自己的怯懦当成了明智，你们自欺欺人，并以此自慰，因此较之你们，我可能还多一些"活气"。请你们用心看看！要知道，我们甚至都不晓得，现在这活的东西在哪儿，它是什么，叫什么名字？你们假如撇下我们不管，叫我们离开书本，我们就会立刻晕头转向，张皇失措——不知道加入哪一边，遵循什么，爱什么，恨什么，尊重什么和蔑视什么了？我们甚至连做个人，做个拥有真正的、自己血肉之躯的人都感到累，并引以为耻，竭力想做一个从不曾有过的泛人。我们都是些死胎，而且生我们养我们的人早就不是那些有生气的父辈了，可我们却喜欢这样，越来越喜欢。我们的兴趣越来越浓。很快，我们就会设法让观念把我们生出来。但是够了；我不想再写《地下室》了……

不过，这位奇谈怪论者的《手记》写到这里还没写完。他忍不住继续秉笔直书。但是我们倒觉得也可以到此打住了。

图书在版编目 (CIP) 数据

地下室手记 / （俄）陀思妥耶夫斯基 著；臧仲伦 译 . —桂林：漓江出版社，
2019.9（2025.5 重印）

ISBN 978-7-5407-8716-5

Ⅰ. ①地… Ⅱ. ①陀… ②臧… Ⅲ. ①长篇小说 – 俄罗斯 – 近代 Ⅳ. ①I512.44

中国版本图书馆 CIP 数据核字 (2019) 第 200791 号

地下室手记（Dixiashi Shouji）

作　　者：（俄）陀思妥耶夫斯基　　译　　者：臧仲伦

出　版　人：梁　志
策划编辑：王　坤
责任编辑：王　坤
书籍设计：刘　伟
责任监印：张　璐

漓江出版社有限公司出版发行

社　　址：广西桂林市南环路 22 号　　邮政编码：541002
网　　址：http://www.lijiangbooks.com
发行电话：010-65699511　0773-2583322
传　　真：010-85891290　0773-2582200
邮购热线：0773-2583322

三河市中晟雅豪印务有限公司
（河北省三河市泃阳镇错桥村　　邮政编码：065299）
开　　本：880mm × 1230mm　1/32
印　　张：8.5　字数：110 千字
版　　次：2019 年 9 月第 1 版
印　　次：2025 年 5 月第 18 次印刷
定　　价：39.80 元